KB071140

이성보 시조전집

이성보 시조전집

—

초판 1쇄   2016년 11월 7일
지은이   이성보
펴낸이   김영재
펴낸곳   책만드는집

—

주소   서울 마포구 양화로3길 99 4층 (04022)
전화   3142-1585·6
팩스   336-8908
전자우편   chaekjip@naver.com
출판등록   1994년 1월 13일 제10-927호
ⓒ 이성보, 2016

—

—

ISBN   978-89-7944-584-8 (03810)

이성보 시조전집

책만드는집

제1시조집
바람 한 자락 꺾어 들고

1부   산란

2부 채란여정

3부   돌을 위한 산조

4부   푸성귀

5부 겨울 가로수

제2시조집
난의 늪

제3시조집
내가 사는 셈법

1부   오늘

2부 실일의 명

3부   향리의 밤

4부　가을 성

제1시조집

바람 한 자락
꺾어 들고

시조와 자생란을 같은 연장 선상에

난과 돌에 빠진 지 스무 해가 되었다.

그 긴 세월의 휴일을 탐석과 채란採蘭에다 전부 쏟아 넣었다.

특히 자생란에 대해서는 내가 시조에 열을 올리기 이전부터 매료되어 이제는 스스로 경계하는 지경에까지 이르고 말았다.

나의 시조 창작은 어쩌면 자생란을 기르는 그것과 맥락을 같이하는 연장 선상에 놓여 있다고 확신한다.

즉, 시조가 한국 시의 원형으로 민족혼을 일깨운다면 자생란 또한 우리의 혼을 지킨다는 자부심과 긍지가 그 같은 생각을 밑받침해 주고 있다.

그러나 나의 시조가 그 같은 소임을 다하고 있는지는 석이 의심스럽다.

하지만 최선을 다하겠다는 다짐만은 확실하다고 하겠다.

여기 나의 시조를 편의상 다섯 부분으로 나누었다.

제1부는 난에 관한 것, 제2부는 채란과 연관된 것, 제3부는 수석, 제4부는 고향과 부모와 연관된 것, 제5부는 일반적인 것들로 가려보았다.

이제 미진한 것들을 새로움의 정수리에 쏟아부으며 먼 곳에 눈

16

길을 던진다.

 해설을 써주신 이상범 선생님, 곁에서 지켜봐 주신 선정주 선생님에게 감사를 드린다.

 겸하여 이 책이 나오기까지 여러모로 애써주신 도서출판 '고글'의 연규석 사장님에게도 충심으로 감사의 뜻을 표하는 바이다.

 끝으로 교정의 일을 거들어준 아내에게도 잔잔한 미소를 보낸다.

－1991년 4월

이성보

1부
산란 山蘭

산란山蘭 1

뙤약볕 조는 사이
순리를 잉태했다

송뢰로 다독거린
아홉 달 긴긴 낮과 밤

해산의 기별은 언제
문을 여는 보춘화.*

의젓하게 사모 쓰고
키돋움한 고운 자태

혼자 보기 아까워서
여럿이 모여 산다

한 자락 세월의 춤사위
산이 장단 맞춘다.

* 춘란의 식물명이 보춘화이며, 7월에 올라온 꽃대가 아홉 달이 지난 이듬해 3월에
  야 꽃이 핀다. 봄에 꽃이 핀다 하여 춘란春蘭이라 하며, 봄을 알리는 꽃이라 하여
  보춘화報春花라 한다.

산란 2
−생강근*을 위한 詩

지표에 엎드린 채
하늘 몰래 익힌 습성

눈芽 하나 틔우기엔
갈증이란 말도 사치

이끼 낀 세월을 헤집고
목숨 하나 돋았다.

한 줌 흙에 의지한
꿈을 엮는 맑은 나날

스무 해를 하루같이
땅김 쐬어 녹인 속엣말

쭈뼛이 휘인 잎새가
산의 결을 고른다.

* 난꽃에서 수정이 이루어진 후 씨방이 자라 종자를 형성하면서 주위에 있는 난균
  의 도움으로 발아하여 생긴 구근이다. 난의 모체가 되는 것으로 20년 정도 지나
  면 싹이 돋는다.

산란 3
-착근着根을 위한 詩

산을 떠나 몇몇 해면
산 때깔을 벗는 춘란

날렵한 분에 앉아
해갈도 마냥 잊고

옛날의 내열은 검버섯
잎새마다 피어난다.

야성을 툭툭 털고
음삼월에 솟는 새촉

태생의 버릇도 잊어
아래로만 뻗는 뿌리

두고 온 솔바람 두메도
귓결로만 잉잉 운다.

* 자생지에서 춘란 뿌리는 지표와 부엽토 사이로 옆으로만 뻗어 있다.

산란 4

물 주기 삼 년이라
누군들 말하지만

한 뼘 난분 속에
우주를 푸는 열쇠

잎 태워 알리는 네 말
이제 조금 알 것 같다.

* 난의 뿌리 상태가 나빠지면 잎 끝이 타기 시작한다.

산란 5

부황 든 춘란 떨기
나신으로 버티고 있다

지축을 흔드는 소리
절망하는 먼 산울림을

소나무 그루터기 베고
임종하는 너의 순명.

* 소나무 아래 살고 있는 춘란은 소나무를 베어내면 햇볕에 누렇게 떠 죽는다.

산란 6
-자생란

솔숲이 헹궈낸 햇살
공양 받듯 이고 서서

긴 세월 뿌리 내려
고집으로 터를 깔고

지열을 사르어 온 날에
눈망울로 거듭난다.

수줍어 돌아서는
눈매 고운 산 가시내

새소리 품어 지킨
영기 밴 맑은 잎에

바람은 야성을 짊어지고
영마루를 넘는다.

만 년의 삶을 위해
천 년을 죽어왔나

정갈한 기를 모아
지켜온 아린 세월

자생란 맑은 향기가
반도 해안을 덮는다.

* 춘란은 반음지식물로서 소나무 그늘 아래에서 자생한다.

산란 7
─속빛무늬中透*에 바치는 詩

아득한 꿈의 비상
정토에 혼불 놓고

순백의 목숨을 태워
산의 적막을 모은다

이슬로 감싼 몸매엔
하늘빛이 머물고.

곧추선 네 선율에
화들짝 놀란 가슴

녹태 하나 두른 것이
꿈인지 생시인지

희열이 방아 찧는 곳에
산이 온통 안긴다.

* 춘란 무늬종의 백미로서 잎 가장자리는 녹색으로 감싸여 있고 중앙부에 흰색, 노
  란색 등의 무늬빛이 들어 있는 것을 말한다.

산란 8

새촉 하나 눈 뜨면서
지표를 밀고 나온다

꽃눈 하나 벙그는데
하늘도 들썩인다

우러러 정갈한 곳에
별도 총총 머물고.

산란 9
-갓줄무늬覆輪*

열두 발 상모 가닥
서리서리 내려앉아

실바람에 흥은 일어
잔설도 녹여놓고

땅거미 골을 메워도
일어설 줄 모른다.

뉘 올린 소지인가
볕살 총총 드는 땅에

현絃을 뜯는 고운 손길
잎새마다 황홀한 꿈

땅 깊이 숨겨둔 화관
들썩들썩 숨을 쉰다.

* 춘란 무늬종으로 녹색의 잎 가장자리에 희거나 노란 태를 두른 것을 말하며 대개
  꽃에도 갓줄무늬가 든다.

산란 10
-도시소桃媤素*

청상의 설운 넋이
난蘭으로 되살아나

남몰래 볼은 붉어
멍울진 정절이여

명분은 추상같아서
하얀 혀만 내민다.

본시 소심素心이라
수절로 저미는 정

고개 숙여 감춘 허물
수줍어 떨군 눈길

눈 속에 녹다 만 정염
소복으로 다스린다.

* 혀의 안쪽에 불그레한 색이 들어 있는 소심을 '도시소'라 칭한다.

새촉을 바라보며

새촉을 바라보면
왠지 죄다 명품 같다

아기들 걸음마 적
장래를 점치듯이

비바람 아득한 날에
난도 나도 수척하다.

명품에 앗긴 세월
땅만 보고 누빈 산천

그 발자국 끈을 달면
몇천 리는 덮을 게다

이제사 민춘란 몇 촉
네가 낸 줄 알겠다.

사모별곡 思母別曲
-춘란 '사모소 思母素'*에 부쳐

어머님 하 그려
석양이 내어준 소심

연두색 꽃방마다
애모가 뉘었는데

거치른 산채의 손끝
어머님의 잔주름이….

광엽의 이파리는
어머님의 크신 속품

보듬듯 얼싸안듯
주부판 다정한데

애끓는 그리움이 지금
산과 산을 덮습니다.

* 채란 도중 해 질 무렵에 어머님을 그리다 소심을 만났기로 '사모소'라 이름 지
  었다.

소심素心* 1

그 누가 여린 잎에
순백의 혼을 담아

연초록의 말간 꽃을
매어 달아 놓았는가

해토의 고갯마루에
아릿해라 저 영락.

꽃대궁은 희다 못해
외려 지금 파리한데

꼿꼿이 가눈 몸매
숨이 차서 내민 긴 혀

돌아서 뱉는 향기가
첩첩산을 흔든다.

* 난의 꽃 중에 혀의 바탕색이 흰색으로 통일되어 청아한 기품이 있는 꽃을 두고 '소
  심'이라 한다.

소심 2

은장도 품고 사는
조선의 여인이다

정한情恨의 긴긴 세월
땅속 깊이 묻어두고

비상의 꿈을 다독이는
해오라기 한 마리.

정토에 뿌리내린
이차돈의 넋이다

속기를 말갛게 비워
소심이라 이르는가

법열法悅에 떠는 꽃대가
먹구름을 걷는다.

풍란風蘭 1

벼랑에 나붙은 채
맨몸으로 기고 있다

남을 것만 남아서
바람에 나부끼는 미소

달디단 향을 사르는
천지간의 갈증이여.

부토는 연이 멀어
절벽을 내리는 뿌리

연모도 너같이 탈까
모질고도 간절한 손

밤이면 별빛이 내려와
그의 손을 잡는다.

풍란 2

암벽에 걸터앉아
나신을 굽고 있다

가진 것 다 버리고
밤이슬로 축인 갈증

단 내음 천지에 흩는
하얀 나래 흰 나비 떼.

미진을 멀리하고
곧게 뻗은 해맑은 뿌리

벼랑을 내리는 연모
포복하는 질긴 목숨이

초승달 가슴에 품고
실등 하나 밝혔다.

풍란 3
−석부작石附作*에 부쳐

돌에다 난을 먹여
태어난 너의 이름

돌과 난의 한통속에
넋을 잃은 나의 미소

어느 날 저승 가는 새
흰 향기로 떠서 난다.

짧은 잎 맑은 뿌리
안과 밖의 긴 내림새

해풍에 씻긴 눈금
세상 재는 벼랑이여

은밀한 우주의 내력
수반 위에 떨고 있다.

* 풍란을 재배하는 한 방법으로, 풍란을 빼어난 돌에다 붙여 기르는 것을 '석부작'
  이라 칭한다.

2부

채란여정採蘭旅情

채란여정採蘭旅情

1. 대춘待春

수액 연록을 띠면
춘란은 몸을 푼다

해토 밟히는 머리
선잠 깬 장끼는 울고

무단히 도진 역마살에
그만 일손 놓는다.

2. 중복中伏

부챗살 펴 든 노송
장승 되어 우뚝 서면

방장산 너럭바위
마름버짐 번져가고

매아미 울음 더미에
한여름이 잠을 깬다.

3. 산촌山村

낮 붉힌 풋고추는
계절을 끌어당겨

비둘기 구성진 가락
산 그림자 길게 뉘면

먼 마을 수수울타리
노을 속에 타고 있다.

4. 나목裸木

산은 이제 자리 잡고
대화를 시작했다

몇 마리 남은 산새
신행을 가버리고

까치밥 졸아진 가지에
싸락눈이 칭얼댄다.

채란행採蘭行

자명종 소리 기다리다
깜빡 잠이 든 새벽

선하품 창을 열면
사념思念은 줄달음질 치고

명품銘品은 한낱 신기루
안개비만 자욱하다.

세월은 화살에 매여
계절을 건너뛴다

차창가 복사꽃이
봄 한때를 피웠다 져도

가슴엔 초록의 썰밀물
고개 들면 잔솔밭.

산음가 山吟歌

배낭 속 묵은 먼지
노독처럼 툭툭 털고

솔바람 심호흡에
물 한 모금 찾았느니

하늘가 높은 다락에
쪽박달이 내걸렸다.

불룩한 배낭을
구름인 듯 베고 누워

말이 없는 메아리를
귀에 담아 뜸 들일 때

물 괴듯 가슴을 어르는
산자락의 벌레 소리….

대포리 大浦里 소경 小景

아지랑이 흩어질세라
숨을 죽인 봄날 정오

크고 작은 갯바위가
수채화로 앉았구나

실향의 마른 가슴엔
새소리도 서럽다.

물 바라 닻을 내린
사연일랑 묻지 마오

귀문을 닫아놓고
소매 걷어 사는 뜻은

뱃머리 잠기며 뜨는
물길 같은 세상사.

갯마을에서

바람도 풀이 죽어
코잠 고는 초가 몇 채

물살 없는 앞바다가
화필 들고 달려와서

파적의 풀피리 음색에
긴 덧칠을 하고 있다.

갯가에 살아 무뎌진
귀먹은 조개껍질

염전에 담긴 시름
주름 뜨는 한나절은

갯마을 너울 쓴 고요가
무너질까 두려웠다.

입석리立石里 소경小景

입석리 선바위에
모질맞은 저 소나무

촘촘한 나이테에
키는 고작 석 자 남짓

전생의 업보라 한들
속뜻이야 없겠나.

실없는 길손이
무슨 걱정 그리 많아

비바람 떨쳐입은
산채꾼의 객수에다

소심화 한 촉을 피워
발걸음을 늦추네.

동복同福 댐
-수몰지에서

해갈을 기도로 묻고
바닥은 골이 졌다

속살 훤히 드러내고
세월에게 묻는 갈증

상흔은 천수답처럼
가슴 깊이 새겨진다.

수몰의 몸부림도
한 줄기 바람일 뿐

쇠잔한 물결을
자학하는 긴긴 방축

이 겨울 뻘 속의 회억回憶을
살얼음에 헹군다.

장성갈재

갈바람 거센 날은
나 여기 희디흰 파도

천수답 이랑 같은
주름진 산모롱이에

허기진 세월의 난간
장마처럼 누웠다.

억새풀 때를 만나
깃발인 양 찢기는 언덕

인적마저 뚝 끊겨
고요는 바다에 눕고

지상엔 높새바람이
구름벽을 헐고 있다.

동백 冬栢

애써 떨치려 해도
탑을 쌓는 그리움을

사무친 서러움에
피를 쏟는 뜨거운 애증 愛憎

울음보 삼키고 섰는
아픔 같은 멍울이여.

해풍이 늘 그리워
내 열은 숨이 닿고

접어도 안 접히는
도타운 그 심성을

바람은 무시로 와서
잠든 혼을 깨운다.

산답山畓

유년幼年의 하늘은 잿빛
다랑논이 떠오른다

대물린 질긴 가난
하늘 닿게 이어진 목숨

더러는 묵정밭이 되어
산자락을 당겼었다.

허물고 문드러지는 것이
어찌 논둑뿐이겠나

찢어진 논바닥에
천심은 곤두박질치고

이농의 돌개바람이
민심을 둘둘 말아 올린다.

땅뙈기 그게 뭔데
애착은 마냥 애벌같이

폐가에 서리는 냉기
곰삭는 지붕 위로

썰렁한 가을 햇살도
앉지 않고 그냥 간다.

갯벌

조가비 실눈 뜨고
갯벌에 숨어 산다

우수가 밀려오고
허무가 밀려가고

상념은 골이 깊어서
드러날 줄 모른다.

섬진강

쪽빛, 은어를 다스리는
마지막 자존의 강

외다리 해오라기의
서슬이 무서워서

오염은 먼발치에서
서성이고 있었다.

도강 渡江

여울목 사이에 두고
발 구르던 까만 세월

도강의 물살도 더딘
장대 끝은 몸살일 뿐

물때를 이고 죽은 듯이
바위 하나 엎드렸다.

수인사하는 바람
언제나 건성이다

누대의 가슴앓이
물줄기에 흐느적이고

비원의 성벽을 쌓아
징검다리 놓았었다.

폐가의 앵두

선혈도 너 같을까
옷을 벗는 유월이여

길목을 막아서는
낭자한 슬픔들이

알알이 울혈을 꾀어
추녀 끝에 매달렸다.

산가山家

바람이 무상출입하는
재실齋室같이 텅 빈 초가

웃자란 잡초 더미
토담을 헐어내고

적막은 골방에 들어앉아
처마 끝만 기울었다.

녹슬은 자물통에
한 세월이 잠겨 있다

한숨을 토해내는
병색의 뒤란 대숲

사람이 무서운 줄을
오늘에사 알 것 같다.

산이 나에게

채란採蘭에 지친 몸을
솔 아래 누입니다

죽어 난이 될까 하여
난을 바라보노라면

난보다 솔이 되라고
산이 일러줍니다.

단풍 丹楓

일 년에 한 번씩은
굿판을 벌리는 게지

얼마나 취했으면
저리 곤죽 되었겠나

삭풍이 모진 그날엔
뼈대 하나로 가눌 테지.

소나무

비바람 네 계절을
그렇게 서 있었다

품 안에 난蘭을 가꾸며
세월마저 잊었었다

먼 해안 귀 기울이며
썰밀물을 먹고 산다.

벌채 伐採

체모를 드러내고
땡볕에 뉘인 속살

풀섶에 귀를 주면
하늘 뜯는 거문고 소리

위신을 잃어버린 산이
숨을 죽여 우는 소리.

나라 땅 한 자락이
벗은 채 나뒹군다

모든 것이 떠난 뒤에
날 궂어 비라도 오면

벌겋게 허물어진 산
서러워 또 울겠지.

산에 살며

송전 고압선 위로
구름은 비껴 날고

삭정이 남은 신열
버섯으로 피어나면

풀섶에 큰절 올리며
세상 얘기 들어본다.

산죽에 스란스란
바람은 꼬리를 물고

다람쥐 재롱부리다
낙과 한 알 떨어뜨려

낮달이 물속에 잠겨
자맥질로 찾고 있다.

산에 오르면서

아침에 산이 오르면
심혼이 눈을 뜬다

찌든 세상살이
거푸 숨을 들이쉬면

안개는 산을 넘어가고
햇살들이 와 앉는다.

한낮에 산에 오르면
산새도 목이 쉰다

이따금 산이 놀라
골바람도 산을 떠나고

이쪽 산 저편 시루봉
내기 장기 두고 있다.

해 질 녘 산에 오르면
가라앉는 마음이다

산죽은 바람을 끼고
간지러운 옆구리를

저희들끼리 깔깔대며
노을 하늘 부른다.

대충 추려 담은 일상
초입에 부려놓고

막대기 하나 들고
휘적휘적 오른 산길

해종일 산에 묻혀서
내릴 줄을 모른다.

매미

허물 벗고 울기까지
들인 공이 얼마인데

한 이레 살다 죽을
제 설움에 겨워 운다

울다가 사레가 들면
날개 털고 또 운다.

해후 邂逅
-'만세이창'*에 부처

산바람 귀에 찬데
갈밭 깊이 누운 이여

청솔 그늘 버려두고
갈잎 노래 귀로 외며

장끼랑 한집 더부살이
윤기 나는 투명 촉.

너로 해 가쁜 숨결
땅과 하늘 맴을 돌고

삼백예순 손꼽은 날
날 기다려왔음이라

환호성 짓누른 가슴
봄이 성큼 안긴다.

* 춘란 속빛무늬中透로서 이 난을 만난 당시 환희에 차서 만세를 두 번 불렀기로 붙여진 이름이다.

3부
돌을 위한 산조散調

돌을 위한 산조散調

1. 강돌

강가에 엎드린 채
발원은 하마 잊었다

여울물 소리마다
꿈은 마냥 설레고

깎이고 남은 세월을
강변에다 뿌린다.

2. 몽돌

높낮은 물줄기가
내치고 덮치어도

속살이 다 터지도록
구르고 또 구르는가

모 없이 두리뭉실해도
속말이야 왜 없겠나.

3. 야윈 돌

천 년을 닦이고 묻히다
꿈꾸듯이 황홀해지면

아 돌도 득도하여
부처로 나앉는가

군살을 말갛게 비워
귀엣말로 남은 돌.

4. 조약돌

고무신 귀에 대면
고향 소리 고향 내음

갯벌에서 밀려오는
만선의 숨소리들

가슴에 묻어둔 돌밭
소곤소곤 옛이야기.

5. 탑돌

사바의 염念을 담고부터
그냥 돌이 아니었다

돌 위에 돌을 얹어
비원을 포개고서

산보다 더 큰 의미를
하늘로나 일깨운다.

6. 좌불석坐佛石

숨소리 죽인 강에
초승달이 찾아오면

바람 한 자락 꺾어 들고
만년 세월 쓸어본다

닫았던 말문을 열고
독경하는 돌부처.

7. 폭포석瀑布石

쉼 없는 물줄기가
번뇌마저 씻어 내려

물보라 이는 마음
오싹 느끼는 한기

굉음은 골을 넘치어
새벽잠을 뜯고 있다.

8. 평원석平原石

만경 넓은 벌을
두 손에 올려놓고

눈 들어 지평을 열면
좌표를 잃는 상념

이따금 부는 바람엔
격양가도 들린다.

각란석 刻蘭石

천 년을 물에 잠겨
양각된 신공의 넋
유수에 맡긴 나신
곰삭는 사평 여울에
한 줄기 곧은 절개가
학을 불러 앉혔다.

돌갗에 서린 정기
암암한 긴긴 세월
벙그는 꽃방끼리
물끄러미 눈길 주고
천둥도 귓결에 얹고
향기마저 일군다.

숙연히 기꺼워서
기도하듯 여민 옷깃
사미승 머리 같은
까슬한 사념 위에
선인의 부작란도가
전설처럼 피어 있다.

수석壽石 앞에서

돌이라 말하기 전에
외경으로 떨리는 가슴

풍우에 깎인 삭신
수반 위에 얹어보면

물안개 오롯이 피우며
이끼마저 돋더이다.

본성은 냉정하여
빈틈을 주지 않고

조신한 앉음새로
달무리도 끌어당겨

허구한 공간을 두르고
하늘 뜻을 담더이다.

4부
푸성귀

푸성귀

보채는 월사금을 부추 단에 달래어놓고
난장에 포갠 모정 한숨으로 채운 쌈지
땀 절어 구겨진 푼전 꼬깃꼬깃 폈습니다.

치마폭 매달리는 올망졸망 여덟 남매
무명 치마 뒤집어서 콧물 닦아 달래시던
짓무른 어미 마음에 하루해가 더 깁니다.

이골 난 모진 삶에 허리는 휘어지고
속울음 삼키시며 살아오신 쉰일곱 해
예순도 다 못 채우시고 하직하신 이승의 삶.

졸아든 부추 단을 안쓰러워하시더니
지금사 남새밭엔 푸성귀도 많습니다
북돋운 이랑 이랑마다 울 어머니 부추 내음.

사모思母

떠나신 지 십칠 년
강산도 두 번은 변해

울컥 이는 사무침이
산국으로 피어나면

옥녀봉 잿빛 영마루에
울먹이고 선 구름.

아버지

기침 소리 멎으면 외려
덜컥 내려앉던 가슴

가만히 귀 기울이면
잿불보다 가는 숨결

달빛도 뒤꿈치 들고
약탕기에 댑니다.

춘삼월 해는 길어
보릿고개 근근이 넘고

투정의 끼니마다
애간장 태운 부정父情

등 없는 의자에 앉아
회심곡을 부릅니다.

비탈밭 일구시던
괭이는 천 근이셨고

저승까지 가지고 가신
손발에 박힌 굳은살

문설주 기댄 가슴에
옹이 되어 아픕니다.

숄 한 장*

가난한 어머니는
어깨마저 가난했다

숄 한 장에 눈가림한
이십 년 벼른 효심

때 절은 장롱 속 모정母情에
명치끝이 아려온다.

쉰일곱 해 사시려고
그토록 애쓰셨나

가슴은 끓다 못해
와락 무너지는데

그 아들 아들을 낳고
숄같이 바랜 세월.

'자식 키워놓으면
용상에 앉힐란가'

속 태울 그때마다
넋두리 뇌시더니

등 태워 용상에 모시려도
가고 없는 울 어머니.

* 첫 월급을 타 어머님께 사다 드린 숄 한 장, 한 번도 걸친 것을 보지 못했는데 돌
  아가신 후에 장롱을 열어보니 얼마나 쓰다듬으셨는지 손때가 절어 있었다.

젖은 보릿단

곱삶은 보리밥은
허기진 유년의 탑塔

가난도 부황이 들어
비에 젖는 보릿단을

어머니 행주치마엔
동이동이 눈물이고….

진창길에 곤두박이어
천 갈래 찢기는 모정母情

죄라면 그야 가난뿐
소두방은 늘 윤이 났고

장대비 뿌린 저녁을
연기 한 자락 기어갔다.

물 바라 묻히신 부모
효심孝心은 뜬구름

물 지면 개골개골
청개구리 울음 운다

울어서 될 일이라면야
울어서 풀릴 한이라면야….

사향思鄉

비 오는 가을이면
편지를 쓰고 싶다

추적추적 젖은 마음
그리움은 추를 달고

사념의 꼬인 가닥을
빗줄기에 헹궈본다.

어두운 날 비 내리면
왈칵 안기는 고향

맴돌다 떠오른 이름
나직이 불러보면

청솔로 데운 구들목
장지 밖에 떠는 갈잎.

해금강

그냥 돌일 수는 없어
단심의 뜻을 담았다

반도의 끝에 서린
영겁의 야윈 달빛

산보다 더 큰 기개가
해일 되어 일렁이고.

천 길로 쏟은 염원
음각되어 곤추섰다

함묵으로 다스린 정情
벽해에다 뿌려놓고

균열된 세월은 어느 끝
파도 소리 더욱 높다.

까마귀

검다는 그것 하나로
낙인처럼 찍힌 수모

추녀 끝에 앉지 못해
시신을 맴도는가

반포조反哺鳥* 장한 효심을
네가 울어 깨치는구나.

침 뱉어 보낸 저주
편견의 지난날이

귓불을 붉히는
부끄러움으로 남아

쓰디쓴 입맛을 다시며
반포지효反哺之孝 읊조린다.

* 먹이를 물어다가, 혹은 입에 있는 것을 씹어서 주어 늙은 어미를 봉양하는 새라
  서 까마귀를 반포조라 한다.

잘려진 뿌리

먼저 죽은 자식은 가슴에 묻는다는데
동기간은 어디에 묻는 것일까

언 땅에 형을 누이고 눈물 한 줌 뿌리고,
흙 한 줌 다져 넣고 마시는 소태보다 더 쓴 소주,
슬픔은 봉분을 이루어 산을 가득 메워놓고,
잘려진 뿌리 한 가닥 모닥불 속에 사라져갔다

이월의 진눈깨비는
몹시 귀를 아리고….

선상船上에서
-친구 김종길에게

세월의 앙금들이
포말 되어 떠다닌다

막사발 넘치도록
겁 없이 마신 소주

잡다한 세상살이는
이제 뭍에 밀쳐두고.

사는 게 물길 같아
떴다가도 가라앉고

수묵처럼 번진 시름
뱃머리로 가르면서

감았다 푸는 외줄낚시에
삶을 매단 친구야.

아버지의 등

활처럼 등이 굽은
팔 남매의 울 아버지

팔 남매의 무게만큼 휘어진 아버지 등은 한 번도 펴본 일이
없었다
팔 남매가 다 커갈 무렵 요령 없으신 아버지는 조금씩 몰래
펴야 할 등을 한꺼번에 펴시다가 그만 염라대왕 눈에 띄어
그 길로 돌아가셨다
성사 못 시킨 자식 여럿 두고 떠나심이 한스러워 눈도 못 감
으시고

이제는 꿈에도 안 보이는
울 아버지 굽은 등.

5부
겨울 가로수

청개구리

몸보다 긴 다리로
연잎에 터를 잡다

대룩대룩 눈을 굴려
천지를 겁먹이고

포만한 배를 두드리며
불룩불룩 숨을 쉰다.

허수아비 1

엷은 가슴 넉넉히 채울
가을은 파장이다

꼬장한 성깔 하나
외다리로 버티다가

한바탕 각설이춤에
벙거지가 흥겹다.

허수아비 2

다정한 한마디에
그렁그렁 눈물 쏟고

돌팔매 하던 아이
모로 서서 기다리며

귀뚜리 노래에 실려
일렁일렁 춤을 춘다.

벌린 팔을 내저으며
가을 파문 일구는 날

동구 밖 어디엔가
고개 드는 소슬한 낌새

다잡는 계절을 밀치고
청승맞게 서 있다.

치자

유년의 도화지에
남아 있는 꽃잎 하나

빈 뜰에 나뒹구는
회상의 편린들이

부황 든 얼굴을 하고
노랗게도 익었다.

낮달

길에 버린 폐품에서
용케 찾은 향수 조각

그립고 반가워서
헤집어 추스르면

낮달은 처삼촌처럼
할 일 없이 떠갑니다.

겨울 가로수

풍요가 죄가 되어
수족을 잘리고

하얗게 질린 채로
줄지어 늘어섰다

한사코 떨리는 가슴
알몸으로 버티면서.

믿는 게 뿌리 하나
햇살도 꺾어놓고

파열된 몸뚱아리
독백으로 다스리며

몇 가닥 새끼 똬리에
또 한 해가 저문다.

상심傷心

바람을 잃은 산은
산이라 할 수 없다

아무도 산을 산이라
불러주지 않는다면

메아리 들린다 해도
이미 산이 아니다.

어찌 산만 그러할까
꿈도 거의 바랬는데

배내부터 외로워서
무리 지어 꽃은 피고

상갓집 차일보다 흐린
하늘 아래 살거니.

잎을 떨군 죄 때문에
겨우내 떠는 나무

의미 하나 지니려고
벗은 채로 산은 울고

죗값을 다 치르고도
생채기는 왜 남나.

설사기 泄瀉記

"묵고 자고 묵고 자고 어진 제왕님" 하신 것을
"묵고 싸고 묵고 싸고 어진 제왕님"으로 알았는지
사십 년 오랜 세월을
배를 안고 쩔쩔맨다.

육신의 찌꺼기는
무시로 비우는데

마음의 구정물은
갈수록 탁해진다

정직한 위여 장이여
반복되는 설사여.

푸대 종이 쓰던 습성
화장지도 구겨 쥔다

젖배 곯은 위장이라
한시도 맘을 못 놓고

과민성 대장염이라는
나의 병은 고질이다.

콩 심은 데 콩 나고
팥 심은 데 팥이 나는

세상사 무엇 하나
순리를 벗어나랴

건사를 못 한 육신에
마음마저 애달프다.

철거 撤去

나앉은 살림살이
햇살도 무색하다

둘러친 비닐 조각
만장처럼 나부끼고

민심이 누수되는 곳에
몸져눕는 풀잎 하나.

옹색을 주워 담은
의붓자식 같은 세간

열세 평 아파트는
아직도 미달인데

딱지에 매인 목숨이
이저승을 넘나든다.

코스모스

꽃이 피기 전엔
거들떠보는 이 없었다

키대로 뒤집어쓴
흙탕물의 세레나데

가을에 피는 꽃은 왜 슬퍼야만 하는가.

움터 꽃 필 때까지
죽어지낸 세월이다

한 열흘 바라기엔
감질나는 가을 하늘

바람은 한사코 불어
성한 꽃을 떨군다.

난을 통해 일구어낸 형식미와 생명감

이상범 **시인**

1

이성보의 문학, 보다 확실히 말해 시조의 세계를 언급하기에 앞서 이야기되어야 할 것은 그의 시에로의 접근 과정이다. 누구든 곡진한 과정을 밟아 한 시인으로서의 위치를 확보했을 것이나, 이성보의 경우 '난蘭' 그리고 '채란행採蘭行'과 직결되는 시조가 대종을 이루고 있어 앞서의 과정을 생략한다면 이해의 폭이 매우 좁아질 것이므로 부득이 그 과정을 먼저 짚고 넘어가려 한다.

그 같은 의미에서 이 시조집 출간 이전에 내놓은 산문집인『난을 캐며 삶을 뒤척이며』의 출간은 매우 중요한 역할을 하고 있다고 본다. 스스로 자술했고 또한 간접적으로 자기의 삶을 개진한 많은 부분에 왜 시조집을 출간했는지의 해답이 용해되어 있기 때문이다.

우선 그의 진지한 사고력과 천착의 단면이 잘 나타나 있다. 또한 산행 중에 난의 변이종을 찾기 위해 연중 휴무일인 50여 일을 전부 채란행으로 할애하고 있음도 알 수가 있다. 물론 이 같은 산채행은 비가 오나 눈이 오나를 가리지 않는다. 그러니 전천후 산채꾼임을 알게 된다. 여기엔 그의 지구력과 부지런함, 그리고 고집스러운 집착의 단면이 여러모로 잘 점철되어 나타나 있다.

사실 그의 취미의 첫출발은 수석이었던 모양이다. 이는 물론 취미와의 만남이라 할 수 있겠지만 따지고 보면 예술과의 첫 만남으로 통한다. 간단한 준비물로 강이나 시냇가의 자갈밭을 누비고 다녔을 그의 모습을 상상하기는 그리 어렵지 않다. 석질과 형상 등이 고루 맞아떨어졌다면 그 돌의 크기 따위는 별로 문제가 되지 않았을 게다. 배낭을 둘러메고 온갖 고생(?)은 감수하기 마련이다. 그렇기에 그에겐 아직도 많은 돌이 남아 있다.

이 같은 돌에서도 미감과 생명감을 느낄 수가 있다. 그러나 난에 심취하고부터는 생명감에 있어서도 유추나 느낌의 영역을 벗어나 실감은 물론 확인할 수 있는 단계에 들어서게 된 것이다. 곧 생명력과 미의식의 포착이라 할 수 있다. 또한 그 돌은 돌로서의 감상적인 애물에서 벗어나 난과의 결합을 통해 '풍란석부風蘭石附'라고 하는 새 경지의 운치를 되살리는 데 기여하기도 했다. 사실 이 같은 일은 자연과의 동화와 무관하지가 않다.

그는 채란의 많은 경험을 통해 더불어 살아가는 것을 터득하고 있다. 유머와 기지, 그리고 지혜로써 삶에 윤기를 건져 올리고 웃음과 덕담을 찾아내는 여유를 잊지 않는다. 또한 삶에 있어서의 의지를 이 시인은 채란의 과정을 통해 길러왔음이 엿보인다. 그러나 빼놓을 수 없는 것은 그가 시조단에 나오기 이전부터 이미 시조에 적지 않게 빠져 있었다는 사실이다. 생활인의 시안에서 시인으로서의 시안으로 바뀌는 과정이 이 시조집에는 엿보인다.

여기 이 시조집에 수록된 '난'과 '채란'에 관한 시편들의 경우, 일반적으로 바라볼 수 있는 시 세계가 아니라 상당히 전문성에 치우친 작품들이 적지 않으므로 이에 대한 기본 식견이 없는 이에겐 시를 이해하는 데 얼마만큼 접근이 가능할는지 하는 우려도 있다. 그렇기에 '주註'를 눈여겨본다면 난시蘭詩는 물론, 난에 접근하는 계기도 될 듯싶다.

2

이성보의 시조는 시조의 형식을 매우 준수하는 작품들이 대부분이다. 준수하는 만큼 압축미를 소중히 여기는 듯한 인상을 받게 된다. 이 같은 압축미는 때로 감성에 대이면서 우리를 공감의 세계로 이끌기도 하지만 다른 한편으로는 시조의 유장한 흐름을 저해하는 일면으로 보아지기도 한다. 그러나 그는 그 같은 아쉬움을 충분히 극복하고 있고 극복하려는 노력으로 새로운 시각을 동원, 난시의 세계로 우리를 유혹하고 있다.

여기엔 깊게 밴 난의 대한 사랑과 긍정의 눈길이 짙게 깔려 있다. 그는 난을 통해 인간과 세상사를 파악하고 있고 삶의 새로운 의미를 찾아내고 한 개성을 형성해가려고 했다.

솔숲이 헹궈낸 햇살 / 공양 받듯 이고 서서

긴 세월 뿌리 내려 / 고집으로 터를 깔고
지열을 사르어 온 날에 / 눈망울로 거듭난다.

수줍어 돌아서는 / 눈매 고운 산 가시내
새소리 품어 지킨 / 영기 밴 맑은 잎에
바람은 야성을 짊어지고 / 영마루를 넘는다.

만 년의 삶을 위해 / 천 년을 죽어왔나
정갈한 기를 모아 / 지켜온 아린 세월
자생란 맑은 향기가 / 반도 해안을 덮는다.
　　　　　　　－「산란 6 - 자생란」 전문

　위 시조의 첫머리 "솔숲이 헹궈낸 햇살"은 쉬운 말이면서도 매
우 중요한 내용을 포괄하는 말이다. 또한 난의 자생지를 푸는 열
쇠가 된다. 결국 난의 자생지와 여건을 알면 쉬 풀리는 말이다.
난의 자생지는 한국의 전라남북도와 경상남북도, 그리고 남해안
도서들이 대부분이다. 적지는 나지막한 산에 적송 등이 어우러
진 곳이다. 아침의 햇살은 해가 뜨면서 직접 받을 수 있고 오후가
되면 중천에 뜬 해를 소나무 잎이 적당히 가려주기 때문이다. 이
말은 난에게 있어서 오전의 햇살은 자외선 등이 많아 이롭지만,
오후의 햇살은 적외선이 나오므로 별로 이롭지 않다는 뜻이다.
햇살은 식물에 필요한 존재지만 난에겐 적당히 차단해주는 차광
막(소나무)이 있어야 순조롭게 자라기 때문이다.
　"솔숲이 헹궈낸 햇살"은 그 같은 의미를 지닌다. 여기 언급된
'산란'이라 함은 한국에서 자생하는 춘란의 총칭이며 민춘란 등

한국 산야의 어디를 가도 성장하는 모든 난을 말한다.

이 시조에서도 작자는 난 속에 몰입하여 난을 통해 시정신을 구현하려 했고 자기의 위상을 확인하려는 노력을 보였다. "지열을 사르어 온 날에 / 눈망울로 거듭난다"에서 보이는 높은 시정신, "수줍어 돌아서는 / 눈매 고운 산 가시내"에서 보인 한국적 미의식의 구현, "바람은 야성을 짊어지고 / 영마루를 넘는다"에선 자연을 대하는 가감 없는 시안, "자생란 맑은 향기가 / 반도 해안을 덮는다"에서 난향이 차지한 폭넓은 순결미가 무리 없이 형상화되고 있다.

돌에다 난을 먹여 / 태어난 너의 이름
돌과 난의 한통속에 / 넋을 잃은 나의 미소
어느 날 저승 가는 새 / 흰 향기로 떠서 난다.

짧은 잎 맑은 뿌리 / 안과 밖의 긴 내림새
해풍에 씻긴 눈금 / 세상 재는 벼랑이여
은밀한 우주의 내력 / 수반 위에 떨고 있다.
—「풍란 3 – 석부작石附作에 부처」전문

앞서 말한 바 있는 돌과 풍란의 만남을 형상화한 작품이다. 사실 풍란은 착생란으로서 남해안이나 기타 섬의 절벽과 고목의 등걸에 기생하고 있다. 때문에 풍란석부는 자연에로의 환원이나 다름없는 조건을 만들어주는 일이다.

그가 좋아하는 돌에 풍란의 뿌리를 착생토록 하는 방법인데 충분히 자리 잡기까지는 여러 해가 걸린다. 자연의 조건에서는 뿌리가 2미터까지 뻗어 내린다고 한다. 풍란은 그 뿌리 자체가 하나의 예술품이요, 삶의 신비를 푸는 연줄이다. 그렇기에 "돌과 난의 한통속에 / 넋을 잃은 나의 미소"는 풍란의 그 같은 삶과 조화를 희열 속에 바라보게 된다는 뜻이다. 하얀 꽃이 향기를 내뿜으며 피어날 때, 우리는 이승에서의 일이라고는 도무지 여겨지지 않을 만큼 오묘한 신비감에 휩싸인다. 그리고 "어느 날 저승 가는 새 / 흰 향기로 떠서 난다"라고 하여 저승으로 날아가는 하얀 새를 떠올리게 된다. 이를테면 순화된 미감을 나타낸 말인 것이다.

풍란의 잎은 새의 혓바닥처럼 짧고 빳빳하다. 이것이 "짧은 잎" 이고, "맑은 뿌리"라 함은 뿌리의 속까지를 환히 볼 수 있을 듯한 느낌을 주는 데서 나온 말이다. 이 같은 뿌리가 바위의 골 진 틈을 뻗어서 들어간다. 때로는 공중으로도 뻗어가는데 습기와 영양분이 있는 곳을 찾아가기 때문이다.

그러나 "해풍에 씻긴 눈금 / 세상 재는 벼랑이여"에 유의해 볼 필요가 있다. 바위의 벼랑에 착생하여 뿌리를 내릴 때, 좋은 환경이면 모르거니와 자연의 악조건하에선 뿌리가 끊어질 듯 이어지고 이어질 듯 중단되면서 생명을 보존하게 된다.

풍란이 얼마나 힘겹게 살아왔는가 하는 것은 뿌리를 보면 알수 있다. 이는 곧 세상살이의 어려움을 가늠하고 헤아릴 수 있음과 같다. 즉, 난 세계의 삶이 우리네 세상살이의 그것을 말없이 시사하는 섭리의 눈금으로 보아지는 것이다. 때문에 "은밀한 우주의 내력 / 수반 위에 떨고 있다"는 끝맺음 말이 나올 만하다. 우주가 어떻게 하여 생성되었는가 하는 물음에 답이라도 하듯 시인은 삶의 내력이 수반 위에 하얀 꽃을 피운 채 떨고 있다고 보았다.

여기서 우리는 풍란의 꽃떨기가 금관의 영락이 떨며 소슬한 미감의 극치를 보여주는 그것과 유사함을 발견하게 된다. 희고 앙증스러운 꽃, 그러나 향기가 매혹적인 꽃이 미풍에 떨고 있을 때, 우주의 신비도 풀 수 있을 것 같은 느낌을 받는다.

배낭 속 묵은 먼지 / 노독처럼 툭툭 털고
솔바람 심호흡에 / 물 한 모금 찾았느니
하늘가 높은 다락에 / 쪽박달이 내걸렸다.

불룩한 배낭을 / 구름인 듯 베고 누워
말이 없는 메아리를 / 귀에 담아 뜸 들일 때
물 괴듯 가슴을 어르는 / 산자락의 벌레 소리⋯.
-「산음가山吟歌」전문

이 작품은 보나 마나 산채를 하다가 피곤한 몸과 무거운 다리를 쉬며 어디 나직한 산의 7부 능선쯤에 여장을 풀고 있을 때의 모습이다. 여기저기 기웃대며 숲과 계곡을 누빈다. 변이종을 찾으려 했으나 신통한 난을 발견하지 못한다. 빈 배낭을 훌렁 뒤집어 묵은 먼지를 털어내고 솔바람에 심호흡을 하며 물 한 모금을 마셨다. 그리고 에라 모르겠다 싶어 그 배낭을 베고 누우니 하늘 높은 다락에 쪽박달이 걸려 있는 게 아닌가. 낮달이 그토록 의미를 주기도 쉽지가 않다. 나와 낮달과는 어떤 유사점이 있어 보인 것이다. 자연이 내준 공허와의 철학적 조우는 아니었을까.

그리고 다시 일어나 산채를 계속했다. 썩 좋은 변이종은 아니었지만 그런대로 몇 뿌리의 수확을 올렸다. 이를 배낭에 싸서 넣은 채 배낭을 구름인 듯 베고 누워 아무 말 없는 메아리만 뜸 들

110

일 때, 가슴에 괴어오르는 벌레 소리를 감지한다.

이는 적막일 수도 있고 정일의 차오름일 수도 있다. 자연인으로 돌아간 모습이요, 산과 더불어 사는 지혜다. 곧 삶에 대한 터득이요, 철학일 수도 있다. 물아동체物我同體의 절대경이라 할 수도 있을 것이다. 현대인의 삶에 커다란 위안을 주는 순수의 본원일 수도 있다.

3

다음은 자연과 풍경의 산물에서 감성을 일구어내는 작업을 잠시 살펴보자.

바람도 풀이 죽어 / 코잠 고는 초가 몇 채
물살 없는 앞바다가 / 화필 들고 달려와서
파적의 풀피리 음색에 / 긴 덧칠을 하고 있다.

갯가에 살아 무뎌진 / 귀먹은 조개껍질
염전에 담긴 시름 / 주름 뜨는 한나절은
갯마을 너울 쓴 고요가 / 무너질까 두려웠다.
─「갯마을에서」전문

이 작품에서 작자는 갯마을의 고요를 심상 위에 눕힘으로써 출발한다. "바람도 풀이 죽어 / 코잠 고는 초가 몇 채"가 고요하고 쓸쓸한 해안의 어촌을 끌어내어 안는다. 그의 찬찬한 시안은 물살 없는 앞바다를 찾아낸다. 적어도 바다를 눈여겨본 사람이면 이 같은 풍경을 포착해낼 수가 있다. 바다를 보다 보면 이따금 바다가 일체의 움직임을 멈춘 듯한 착각에 빠질 때가 있다. 사실은 그의 마음자리가 그러했겠지만 말이다.

"물살 없는 앞바다가 / 화필 들고 달려와서"의 표현은 매우 싱그럽다. 파도를 무심히 바라보면 화가가 세상만 한 커다란 화판을 향하여 무언가 그리려고 화필을 들고 무수히 달려오는 것 같은 환상과 착각이 우리에게 새롭고 풋풋한 느낌을 준다.

"파적의 풀피리 음색에 / 긴 덧칠을 하고 있다"의 의미를 새김질해보자. 풀피리를 부는 시기는 이른 봄일 것이고 풀피리는 생기를 길어 올리는 두레박질이자 심심풀이를 헹궈내는 물갈이다. 이 같은 음색에 희고 푸른 바다의 생명감을 덧칠하고 있으니 생명감에 생명감을 보태는 일일 것이다. 곧 감성의 언어를 대질러 시에서 새로움을 일구어내는 작업이라 해도 좋을 것이다.

"갯가에 살아 무뎌진 / 귀먹은 조개껍질"은 살 만큼 살아 삶에 익숙해 있는 상태다. 무슨 소리든 다 들어 이제 웬만한 소리엔 별로 귀 기울이지 않는다. 죄다 놓아버린 상태다. 그러니 터득의 경지다.

"염전에 담긴 시름 / 주름 뜨는 한나절"은 앞의 이미지를 더욱 천착한 흐름으로써 푹 절은 시름이다. 주름(세상살이의 어려움에 잡힌 잔잔한 무늬)을 건져내는 한나절은 "갯마을 너울 쓴 고요가 / 무너질까 두려웠다"라고 했다. 여기서 "너울 쓴 고요"란 대체 무엇인가? 이른 봄 해안에 감도는 아지랑이인 것이다. 바다가 기지개 펴는 현상이다. 그 같은 고요가 무너질까 두렵다는 것은 어촌의 고요한 평화가 깨질까 봐 두렵다는 것이다. 행여 폭풍이 일거나 해일이 밀려와 이 고장의 고요를 깰까 두렵다는 뜻이다. 이 또한 절대순수, 절대평화를 향한 작자의 소망일 듯싶다.

갈바람 거센 날은 / 나 여기 희디흰 파도
천수답 이랑 같은 / 주름진 산모롱이에
허기진 세월의 난간 / 장마처럼 누웠다.

억새풀 때를 만나 / 깃발인 양 찢기는 언덕
인적마저 뚝 끊겨 / 고요는 바다에 눕고
지상엔 높새바람이 / 구름벽을 헐고 있다.
―「장성갈재」 전문

작자는 채란을 하다가 장성갈재에 걸터앉았다. 갈대가 바람에 나부껴 누웠다 일어섰다 하는 모습을 그는 "나 여기 희디흰 파도"라 했다. "허기진 세월의 난간 / 장마처럼 누웠다"는 걸 보아 필연 가뭄이 들어 난밭마저 푸석푸석 먼지가 날리고 땡볕만 내려쬐는 그런 시기였던가 보다. 허기진 세월의 난간은 그런 정경이다. 다만 장마처럼 누웠다는 말은 널브러져 축 처진 기진한 모습일 것이다.

"인적마저 뚝 끊겨 / 고요는 바다에 눕고" 그곳 그 언덕에서 바다를 보니 바다 또한 잠잠하다. 바다는 일체의 움직임이 정지한 듯이 보인다. 그렇기에 그 고요마저 바다에 누웠다고 여겨진다. 그러나 "지상엔 높새바람이 / 구름벽을 헐고 있다"라고 했다. 빈 벌판의 회오리바람이다. 가뭄과 더위를 못 이겨 지상의 바람도 회오리를 일으켜 구름마저 흩는다고 했다. 아무튼 가뭄 든 풍경을「장성갈재」를 통해 극명하게 드러내고 있다. 그는 정적을, 군소리를 배제한 채 체험을 통해 감성적인 힘을 빌려 풀고 있어 도드라진 이미지를 보여준다.

　　허물고 문드러지는 것이 / 어찌 논둑뿐이겠나
　　찢어진 논바닥에 / 천심은 곤두박질치고
　　이농의 돌개바람이 / 민심을 둘둘 말아 올린다.
　　　－「산답山畓」둘째 수

「산답」에선 가뭄에 대한 시각이 현실에 훨씬 접근되어 나타난다. 논바닥은 금이 가고 파인 상태에서 민심마저 제대로 오고 갈수가 없다. 매우 각박한 양상이다. 결국 농토를 버리고 농촌을 떠나는 현상으로 치닫는다. 끝내는 돌개바람을 일으키며 소망의 끝자락마저 둘둘 말아 소진하는 것으로 보고 있다.
「장성갈재」의 이미지의 연장 선상에 놓일 수 있는 작품으로 그 표현이 생략되어 현장감으로 와 닿는다.

4

이성보의 성장은 30여 년 전 우리가 겪어야 했던 그 가난과 한 끈에 매어져 있다. 요즘의 젊은이들은 그 고충을 잘 모른다. 또한 요즘 젊은 부모들은 당시 어버이들의 고통을 이해는 하되 체험이 없어 가슴으로 느끼지 못한다. 산다는 건 바로 먹고사는 것과 직결되어 있었다. 그러고 보면 우리의 인사에 '진지 잡수셨습니까?'는 공연한 물음이 아니었던 듯싶다. '혹 끼니는 거르지 않으셨는지요?'의 부드러운 표현으로 받아들일 수도 있기 때문이다. 작년에 방영되었던 〈몽실언니〉의 영상에서 우리는 당시의 어려움을 재음미하게 된다. 작자도 그런 부모의 어려움을 가슴 깊이 간직하고 있다. 동란의 와중에서 도강渡江은 불가피한 한계상황이라 여겨진다.

여울목 사이에 두고 / 발 구르던 까만 세월
도강의 물살도 더딘 / 장대 끝은 몸살일 뿐
물때를 이고 죽은 듯이 / 바위 하나 엎드렸다.

수인사하는 바람 / 언제나 건성이다
누대의 가슴앓이 / 물줄기에 흐느적이고
비원의 성벽을 쌓아 / 징검다리 놓았었다.
　　　　　　　　　　　　　　　　　　－「도강渡江」전문

작자는 과거 난리 통에 도강하려 여울목을 사이에 두고 발을 동동 구르던 그 암울했던 세월을 강가에 와서 다시 기억한다. 그날 도강할 때엔 왜 그리 물살마저도 더디게 느껴졌는지 모른다. 장대 끝은 빨리 돌아가건만, 그야말로 몸살처럼 바삐 돌아가도 배는 영 시원히 물살을 가르는 것 같지 않았다. 어쩌다 물 밑을 바라보면 물때를 쓰고 바위가 거북이처럼 엎드려 있었음을 상기한다. 이는 곧 죽음을 암시하는 표현임을 간과해선 안 된다.
　오늘에 와서도 그 바위는 그대로 물때를 이고 있어 당시를 깨우치는 징표로 남아 있다. 그렇기에 과거를 돌이키는 마음엔 언제나 아련한 슬픔이 숨 쉬고 있는 것이다. 이제 와 다시 강가에 서니 바람도 건성으로 수인사를 나누는 듯 싱겁고 의미도 많이 지워진 듯이 보인다. 그러나 두고두고 쌓인 가슴앓이는 도져서 물줄기에 흐느적이는 듯싶고 여태껏 해결 못 한 민족 분단의 비원은 가슴에 성벽을 쌓듯이 그날도 징검다리를 놓았었다고 회고하는 것이다. 분단의 아픔을 도강을 통해 상기하면서 못다 푼 숙원을 응시하고 있다.

비탈밭 일구시던 / 괭이는 천 근이셨고
저승까지 가지고 가신 / 손발에 박힌 굳은살
문설주 기댄 가슴에 / 옹이 되어 아픕니다.
−「아버지」 셋째 수

보채는 월사금을 부추 단에 달래어놓고
난장에 포갠 모정 한숨으로 채운 쌈지
땀 절어 구겨진 푼전 꼬깃꼬깃 폈습니다.

치마폭 매달리는 올망졸망 여덟 남매
무명 치마 뒤집어서 콧물 닦아 달래시던
짓무른 어미 마음에 하루해가 더 깁니다.

이골 난 모진 삶에 허리는 휘어지고
속울음 삼키시며 살아오신 쉰일곱 해
예순도 다 못 채우시고 하직하신 이승의 삶.

116

졸아든 부추 단을 안쓰러워하시더니
지금사 남새밭엔 푸성귀도 많습니다
북돋운 이랑 이랑마다 울 어머니 부추 내음.
－「푸성귀」 전문

이 작자의 효심은 여러 작품에 있다.「솔 한 장」「젖은 보릿단」
「사모」「까마귀」 등 어느 작품을 집어 들어도 한 끈에 매인 아픔이
다. 지금은 안 계시니 더더욱 애틋한 그리움과 죄스러움으로 딴
은 한으로 남는 것이 부모에 대한 사랑, 때늦은 깨달음인 것이다.
　그의 시조를 대하면 금세 코허리가 시큰대는 걸 느낀다. 간절
하고 느꺼운 감동이다. 그의 아버지에 대한 사랑은 지금에 와서
고생만 무진 하신 것으로 기억된다. 늘 지게를 지고야 삶을 꾸리
던 아버지, 활처럼 굽은 등을 오래오래 기억해야만 하는 것이다.
그보다 땅이라도 넉넉했으면 하는 아버지의 소망도 끝내 이루지
못하고 저승으로 떠나셨다. 그 같은 아버지는 살아생전 늘 비탈
밭을 일구셨고, 힘에 겨워 괭이는 천 근일 수밖에 없었다. 필연 저
승까지 가지고 가신 굳은살을 아프게 기억하게 된다. 이제 그 굳
은살이 문설주에 기댄 자식의 가슴에 옹이가 되어 아픈 것이다.
　어머니에 대한 사랑은「푸성귀」라는 작품에 잘 서려 있다. 8남
매를 키우기 위해 부추를 길러 팔았음이 분명하다. 그러나 넉넉
할 리가 없다. 특히 잘 안 팔리는 날엔 월사금 독촉을 받을 수밖
에 없었으리라. 때로는 이고 든 부추 단이 힘에 겹지만 쉴 수조차
없다. 허리가 휘어지는 건 당연한 일. 이제 그 같은 고생도 훌훌
벗으시고 57세로 이승을 등지셨다.
　지금이야 남새밭(채소밭)에 지천인 부추가 아닌가. 누군가에

의해 북이 돋우어진 부추밭 이랑엔 어머니의 내음이기도 한 부
추 내음이 오늘도 코끝에 눈물겹도록 싱그럽다. 이 시인은 오늘
의 삶이 비록 풍요하다 하더라도 성장하던 시기의 부모의 영상
을 결코 지울 수가 없으리라.

5

이제 성숙해가는 눈뜸의 과정을 살펴보기로 한다. 이것은 생
명감에 대한 포착이요, 수긍이기도 하다. 시 세계의 폭을 넓히는
작업으로 이어지고 있다.

천 년을 닦이고 묻히다 / 꿈꾸듯이 황홀해지면
아 돌도 득도하여 / 부처로 나앉는가
군살을 말갛게 비워 / 귀엣말로 남은 돌.
―「야윈 돌」 전문

고무신 귀에 대면 / 고향 소리 고향 내음
갯벌에서 밀려오는 / 만선의 숨소리들
가슴에 묻어둔 돌밭 / 소곤소곤 옛이야기.
―「조약돌」 전문

숨소리 죽인 강에 / 초승달이 찾아오면
바람 한 자락 꺾어 들고 / 만년 세월 쓸어본다
닫았던 말문을 열고 / 독경하는 돌부처.

－「좌불석坐佛石」 전문

돌을 소재로 한 이들 작품에서 공통적으로 받아들일 수 있는
것은 딱딱한 돌에서 생명감을 포착해내려는 그의 노력이다. 「야
윈 돌」의 중장 "군살을 말갛게 비워 / 귀엣말로 남은 돌"에선 그
생명력의 발휘가 순연한 기구祈求의 과정을 밟아 행여 무슨 말이
라도 건네주고 받을 듯한 자연스러움을 자아낸다. 돌을 바라보
는 시각이 순화되어 선禪으로까지 닿을 듯이 보여지기도 한다.
「조약돌」에서 "고무신 귀에 대면 / 고향 소리 고향 내음"은 마
치 시인 콕토의 '소라'를 듣는 듯하다. '내 귀는 소라 껍질, 그리운
바다의 물결 소리여'를 연상시킨다. 이어서 "갯벌에서 밀려오는
/ 만선의 숨소리들"에 이르러 한발 더 내딛고 연상의 폭을 넓힌
다. 결국 "가슴에 묻어둔 돌밭 / 소곤소곤 옛이야기"로 맺고 있어
이 시인은 '고무신'을 통해 파급되어가는 소리를 쫓아 조약돌을
찾아내고는 향수의 해안에 닻을 내린다.
이에 비해 「좌불석」은 초장과 중장의 서정과 상상력이 빼어나
다. 이 또한 생명력의 포착으로서 담금질을 거친 수확이라고 본
다. "바람 한 자락 꺾어 들고 / 만년 세월 쓸어본다"가 그것이다.
이는 곧 볼 수 없음을 보아내는 천착의 귀한 산물이며 시의 진
수다.

6

이제 그가 극복해야 할 과제를 언급하고 끝을 맺고자 한다. 그

의 형식미는 필연 압축의 과정을 통해 이루어졌고 여기에 감성을 가함으로써 감동에 대이고자 했다. 그 같은 것이 큰 성과를 거두고 있다. 간혹 관념의 노출로 인한 불이익은 시간이 해결할 것이고 시조의 유장한 흐름을 위한 언어 구사는 계속 염두에 두고 극복해갈 것으로 보인다.

시 세계의 폭을 계속 넓히는 일은 무엇보다 그의 강인한 지구력과 천착 그리고 시정신으로 극복될 것이다. 정진을 바랄 따름이다.

제2시조집

난의 늪

난의 늪에 빠져

『난의 늪』이라는 제목의 시조집을 내게 되었다. 1991년 첫 시조
집『바람 한 자락 꺾어 들고』이후 25년 만이다.

시조 작품도 작품이려니와 내 삶이 어찌나 곤궁했던지 시조집
을 낸다는 것이 말 그대로 언감생심이었다. 고희를 맞아 이래선
안 되겠다 싶어 무리수를 두게 된 셈이다.

난의 늪에 빠져 허우적거린 지 햇수로 40년을 헤아리게 되었
다. 뒤돌아보면 후회와 아쉬움만 남는다.

그간 난에 관한 시조 작품이 얼추 한 권 분량이 되기로 난 시조
집을 낸다. 이는 난에 대한 예의가 아닌가 하는 생각을 해본다.

시조집을 내기까지 여러분의 도움이 있었다. 고마움을 전하며
미안함을 달랜다.

－2016년 10월

菱谷齋에서 이성보

보춘화報春花 1

풀린 땅 언덕배기
기적을 저지른다

겁도 없이 꽃대 올려
학보다 목이 희다

꽃시샘 오슬한 추위
엿보는 줄 몰랐다.

보춘화 이름값에
언 땅마저 녹아들고

해마다 땅기운 딛고
버릇처럼 꽃이 핀다

해풍에 절은 소금기
잎새마다 배었다.

보춘화 2

세월의 어질머리
머리채 풀고 앉아

송뢰, 귓전을 맴돌아
물빛 언어 잔조리고

고독도 안으로 거둬
지신地神으로 촉이 든다.

노을이며 산들바람
잎 끝에서 푸는 연주

뉘우침 뽀얀 속살
새김질한 많은 날을

꽃대궁 황홀한 사모紗帽
부끄리는 신랑 신부.

보춘화 3

수상한 세월 닮아
봄 같잖은 음삼월을

뉘하고 한 언약인가
몸을 푸는 너의 순명順命

못 가신 속기俗氣는 먼발치
치시대고 있구나.

무슨 소망 그리 품어
말끔한 꽃대인가

초병처럼 조는 사이
봄이 성큼 다가와서

주부판 정연한 자태
옷깃 절로 여민다.

보춘화 4

맵싸한 새벽안개
솔숲 타고 산을 오른다

물오른 해토의 기운
남루를 깁고 가면

비워둔 가슴 언저리
흰 꽃자리 날아들고.

장마 끝에 솟은 꽃대
그것은 또 하나의 절망

머리채 감싸 쥐고
헤아린 날과 달의

꽃 하나 피우려 소진한
산은 몸져누워 있다.

보춘화 5

자맥을 둘러앉힌
자존의 풀 한 포기

꼿꼿한 선비의 기개
고절을 입었는데

필부는 두 눈을 감고
그윽한 향 맡습니다.

신열을 토해내는
햇살이 잔조롭다

영기 배인 잎새마다
조선의 혼 묻어나고

빛바랜 물빛 언어는
소심으로 피어난다.

보춘화 6

윤나는 춘란 더미
꽃대를 뽑아 올려

솔바람 일 때마다
향을 실어 보내더니

잔잔한 다도해 물결
푸르름을 더한다.

갯벌처럼 질척이는
이 고장 다슨 인정

난향에 취한 땅이
꿈틀 기지개를 켜면

반도에 퍼지는 봄기운
신바람이 북상한다.

보춘화 7

겨울 햇살 절반쯤이
산자락에 걸터앉아

바람이 울고 있는
회오리 든 가지 끝에

눈발은 무시로 와서
꽃자리를 점검한다.

언 잎은 검푸른 검劍
서슬이 시퍼렇다

직립의 꽃대궁은
영락없는 조선 선비

두루막 한 자락 여미고
반듯하게 앉았다.

보춘화 8

봄을 여는 너를 만나
삭신이 저려온다

가벼운 몸짓으로
하늘 문을 열고 닫아

살 말간 향기의 설법
온 누리에 번진다.

송이마다 흥이 일어
오금이 저려온다

숨소리 다독이며
연인처럼 다가와서

잊었던 삶의 경전을
묵언으로 전한다.

보춘화 9

청산이 문을 걸고 출산을 서두른다
천지간 설레임 속 연두색 신운神韻 하나
안태본安胎本 조선의 산하 난의 귀족 보춘화.

명당에 터를 잡아 설레임이 얼룩으로
어머님 손길 같아 고와지는 설운 마음
해종일 네 앞에 앉아 읊조리는 수도승.

산란山蘭 11

해송의 그늘 아래
몸을 푸는 꽃자리에

생김새 헤아리니
작년에 핀 그 꽃 같다

퍼질러 산란이 되어
나를 들어 앉혔다.

선잠 깬 장끼 울음
화들짝 산이 놀라

골골이 채운 신운
감았다 뜨는 눈을

해맑은 난의 향기가
나를 다시 흔든다.

산란 12

노자산 고로쇠가
계절을 끌어당겨

돌아온 봄기운이
산을 온통 점령했다

보춘화 한 자락이 품은
산의 위엄 산의 빛깔.

해일처럼 밀려드는
그리움 다독이며

무리 지어 너는 피어
온 세상이 들썩인다

농익은 널 향한 나의 속내
열꽃으로 지고 있다.

산란 13

돌아온 봄기운에
쩌르릉 산이 울어

분수처럼 솟아오른
내열에 몸을 떤다

무얼까 넘치는 연모
내가 나를 보시한다.

질기디질긴 목숨
목을 뽑은 대궁이여

안의 기운 차고 넘쳐
더덩실 춤사위다

나부껴 황홀한 옷소매
연초록에 이슬 맺네.

산란 14

해송의 잎바늘에
따끔따끔 솔바람이

속기를 헹구어서
소심을 피워낸다

가만히 바라만 보아도
시 한 수로 흔들린다.

산란 15

산을 떠난 내력을
아는 이는 알고 있다

늘 푸름 고집하던
속앓이 지병 하나

나 홀로 고독의 등짐
등받이도 휘었다.

야성을 잃고 나면
난도 난이 아니다

햇살을 외면하는
반골의 그 생리는

날 세운 칼보다 무서운
원시에의 갈구다.

산란 16

별 바른 산자락에
누대의 터를 잡아

한 탯줄 달린 식솔
힘줄보다 질긴 목숨

미풍에 두 손 모두어
새벽기도 올린다.

멍울진 이파리는
한 소절 성주풀이

몰골이 그게 어디
난이라 이럴 건가

몽당손 꼽아가면서
추스르는 음삼월.

근본 하나 지키려고
선 채로 가눈 뼈대

파열된 관절마다
도리질의 절규 소리…

단전에 기를 모아서
새촉 한 대 올린다.

산란 17

산허리 잘라내어
너 한 촉 빚었느냐

깊은 골 물을 막아
속기마저 씻었느냐

혼신을 다한 청산은
기진하여 누웠다.

야산의 풀이 되어
은자처럼 숨었어도

커다란 그 숨결에
산은 의미 더하고

너로 해 무색한 하늘
꿈도 멍이 들었다.

산란 18

바다 같은 침묵으로
언 땅에 내린 뿌리

빗질한 햇살은
몸살마저 찢어놓고

상기도 흔들리는 숨결
골안개로 메웠다.

옷섶을 여미어도
환히 보이는 속품

솔빛마저 시샘하는
곡진한 휘임새여

먼 인연 깊은 애정은
끝 간 데를 모르겠다.

산란 19

잎 끝에 비수를 달고
편견을 잘라낸다

석파石坡의 묵란도에
숨겨진 그 칼인 것

아무도 천 년의 업보를
알려 하지 않았다.

조선의 여인네가
가슴에 품은 은장도

숱한 담금질 끝에
하얗게 날이 섰다

야성에 익은 몸부림
향을 멀리 흩는다.

산란 20

이만한 명줄이면
만 년인들 못 견디랴

선하품에 열리는 대지
오롯이 돋는 신운

이제 막 남루를 벗고
생명 하나 돋았다.

초파일 지등紙燈 같은
유백색 촉이 트면

부질없는 욕심일랑
청산에 맡기리라

소중히 풀빛에 젖은
사념 하나 이슬 몇 줄.

산란 21

심지를 돋운 속뜻
맞잡은 손길 속에

송뢰를 빗질하여
빚어낸 명품일레

잎새에 번지는 환희
가는 흰 띠 두르고….

산란 22

옆으로 뻗는 뿌리
사연을 듣고 싶다

뿌리 끝에 달린 눈은
무엇을 말하는지

해종일 너를 붙잡고
벗어던진 나의 하루.

산란 23

도열한 가로수인가
초병 같은 그리움아

가슴속 파고들어
밀어보다 진한 언어

오붓한 이심전심에
불을 켜는 소심 한 등燈.

산란 24

노독을 툭툭 털고
하산길 서둘렀다

반쯤 벙근 보춘화에
천 근이나 되는 발길

소슬한 바람결에도
깨어나는 나의 사유思惟.

환생을 할라치면
춘란이 될 일이다

윤나는 이파리에
기도하듯 올린 대궁

정연한 안아피기가
온 천지를 보듬었다.

산란 25

가녀린 잎새 끝에
하늘이 내걸리면

솔바람에 몸을 씻은
꽃대 하나 솟아난다

당당한 자태에 놀라
산자락도 휘었다.

일문자 정연하게
전설 같은 꽃이 피면

난창을 활짝 열고
한 수 시를 읊을란다

고로쇠 피 같은 수액
숨은 뜻을 새겨가며.

개화開花 1

난꽃이 벙그는 밤
창가에 어리는 숨결

뒤채다 또 뒤채다
끝내는 잠 못 이룬 채

그윽한 신비의 연원을
만져보고 싶었다.

하늘에 떠오르는
눈먼 별도 자릴 뜨면

정갈한 심지마다
눈을 뜨는 혼불이다

빗질한 달빛마저도
숨죽이는 이 한 밤.

개화 2

귀문을 열어놓고
널 기다린 지 오래다

누군가 애타는 줄
번연히 알면서도

전생을 휘감는 바람
흔적 없는 내왕이여.

애당초 멀리할걸
아집은 산을 이뤘고

분 속을 헤집어도
찾지 못한 너의 속내

무섭다 몰래 피는 꽃
남은 생의 귀띔이여.

개화 3

동백은 연일 피어
산은 온통 피멍이다

장마 끝에 잉태한 꿈
몽우리로 덧난 상처

해토解土는 아득한 정처
생각마저 근지럽다.

개화를 기다리다
눈병이 도지는지

도리질 하다 보면
조바심도 허물 벗나

어금니 질끈 깨물면
피안의 강 건너는가.

개화 4

다소곳 꽃대 올린
춘란을 볼라치면

턱을 고인 추억들이
밀물처럼 밀려든다

방장산方丈山
솔바람 소리
귀에 쟁쟁 감겨오고.

작년에 왔던 꽃들
품바 되어 돌아왔다

소심은 소심으로
황화黃花는 황화대로

연인이
꽃을 건네듯
향은 뒤로 감추었다.

개화 5

실의로 가득한 날
소리 없이 피어난 너

지난날 푸르렀던
향긋한 기억은 살아

정과 한恨 떨치고픈 마음
진을 치는 어린 사랑.

잎새에 감춘 꿈이
얼마나 고왔기에

치솟은 꽃대궁이
신부인 양 수줍어라

솔바람 잔잔한 밀어
가슴 깊이 아려오고.

팔 벌려 환호하는
곱디고운 자태여라

어느새 이는 전율
손이 절로 포개진다

쪽머리 야무진 매무새
조선 여인 긴 댕기.

개화 6

속기를 저어하는
그 까닭을 알 것 같다

숨죽여 엿보다가
일순에 터진 환희

맨 처음 기도 끝인가
또 큰일을 저질렀다.

초봄에 여우비가
점호인 양 내린 뒤에

지축을 뒤흔드는
기운인가 여겼더니

시방 막 목욕재계한
흙의 정령 너였구나.

개화 7

해마다 삼월이면
몸살이 절로 난다

추를 단 그리움은
아픔의 가부좌로

온밤을 묵언수행하는
비구니의 화두여.

개화 8

장마 뒤 시작한 입덧
아홉 달 긴긴날을

꽃대 하나 숨긴 채로
손꼽은 산월産月인데

가슴엔 차디찬 달빛
밤은 병풍 두르고….

홍화며 소심이며
신명 난 합주 속에

상큼한 그 향취가
가슴을 누비는데

깊은 산 큰 솔자락엔
고개 드는 송이 꿈.

개화 9

난꽃이 피려는지
사위가 고요롭다

무단히 잠을 깨어
버릇처럼 난실에 들면

다소곳 고개를 숙인
꽃머리를 보았다.

빈틈없는 매무새에
심장은 얼어붙어

장엄도 빈말 같고
거룩함도 아부 같아

난해한 섭리의 퍼즐
맞춰보고 싶었다.

풍란 4

풍란도 거제 풍란은
잎새가 작설 같다

갈고지 마파람을
알몸으로 버티다가

천지를 혼절시키는
단내를 토해낸다.

풍란 5

속살까지 내보이고
갈증에 목이 멘다

수맥은 먼먼 그리움
발가웃 타는 뿌리

한사코 흙을 마다한
그 까닭을 알겠다.

도사린 야문 몸매
부황 든 지 이미 오래

일몰에 도진 신열
골은 가득 메워놓고

아득한 절정을 향해
절규하는 꽃 이파리.

풍란 6

바위를 베고 누워
하늘을 포옹한다

가녀린 꽃대궁에
퍠비치는 신의 섭리

우주를 푸는 열쇠도
너 속에 있으련만….

천 년을 헤아려온
이 땅의 맥박 소리

고절한 잎새마다
넘치는 자존이여

하루를 살다가 떠나도
너를 닮아 살고 싶다.

풍란 7

갯바위 벼랑 위에
자리 잡은 풍란 몇 촉

잎새에 해풍 일면
갈고지* 파도 소리…

유년의 바다갈매기
수반 곁에 끼룩인다.

제 자란 벼랑인 양
뻗어 내린 생명의 빛

남녘땅 그리는 정
새날도 예 같아라

삼십 년 두고 온 고향
신기루로 떠 있다.

* 해금강이 있는 곳의 지명.

풍란 8

물기를 죄다 털어
비루먹은 꼴이더니

살가운 봄 기별에
실낱같은 눈을 뜬다

잎새에 번지는 미소
봄이 속속 모여든다.

부토는 강 건너 불
미진微塵도 감지덕지

턱에 닿은 모진 갈증
이슬도 사치였나

수맥을 꿈꾸다 지친
뿌리 끝에 달린 눈.

풍란 9

짧은 잎 긴긴 뿌리
단단한 매무새다

한 톨 흙도 마다하고
움켜잡은 천 길 벼랑

수맥은 아득한 꿈길
포복하는 모진 목숨.

유시酉時에 뱉는 감향
주충酒蟲을 유혹한다

몇 마리 학까지 불러
춤사위가 한창인데

연모는 향에 취한 채
이승의 울 넘고 있다.

풍란 10

가진 게 죄 되는 줄
진작부터 너는 알아

발붙일 한 뙈기 땅
그마저 마다하고

어쩌다 허공을 탐해
이름마저 풍란인가.

바람에 부대끼어
성한 곳이 없는 삭신

다지고 다진 내열
학 같은 꽃을 피워

저승길 알리는 단내
온 바다에 질펀하다.

석곡 石斛

꽃 지면 잎이 지는
정연한 질서 속에

희디흰 잔뿌리는
세상을 움켜쥐고

짤막한 마디마디에
향을 숨겨놓았다.

부토를 마다하는
반골의 생리하며

마른 줄기에 촉을 다는
장생의 묘법하며

땡볕에 맞서는 오기
하나같이 부러웠다.

* 석곡은 마른 줄기에 새촉이 달린다. 이를 고아高芽라 한다. 고아를 떼어 심으면 새
  로운 개체가 되기에 장생란이라 부른다.

166

난 있는 방

1
난 있는 방에 들면
어느새 다복솔 바람

미닫이가 드는 평정
찻잔에 걸친 난 이파리

젖은 혼 난향을 흔들며
먼 데 사람 귀 밝히네.

2
주렴을 걷어 올리면
별은 총총 눈에 박히고

사는 게 시들퍼도
무서리는 또 쌓여가고

녹차 속 건진 참별은
연록의 옷 벗고 있다.

건란 建蘭에게

하늘 향한 멀고 먼 뜻
법구경을 외우고 섰네

직립의 이파리는
풀 먹인 조선 선비

자존은 타고난 내력
향을 피워 달래누나.

곧추선 네 선율에
주눅 든 일상의 나날

골 파인 육십 생에
패기는 접은 지 오래

되돌아 올 수 없는 강을
몇 번 건넌 어제오늘.

난의 고금古今

선비는 난을 일러
미인이라 말하였다

자태는 자태대로
향기는 향기대로

잎새에 가득한 기품
명문가의 규수라고.

사람들은 난을 보며
무슨 생각 하는 걸까

색화는 색화대로
무늬는 무늬대로

난분에 넘치는 희열
촉 따지는 재물일레.

난과 덫 그리고 수렁

한번 내디딘 후로
돌아서지 않는 발길

얼마큼 또 닦아야
거울 같은 눈을 뜰까

전신을 옥죄는 사슬
몸이 활활 타는 단내.

둘러친 창살 속에
혼자 쓰는 주홍 글씨

그런 글씨 내내 쓰다
지우기 수십만 번

깊이를 가늠 못 할 수렁
이젠 나도 모르겠다.

난 앞에서

노출되어 쓸모없는
찍다 만 필름 같은

허망을 올려놓고
눈금을 헤아린다

꼼짝도 않는 저울눈
누가 볼까 두려웠다.

마음을 저울질하는
영초라 불리는 난

만물의 영장이라는 사람이 어찌 풀에게
저울질당할까 보냐고 소매 단단히 추스르고
헛기침도 하면서 보란 듯 다가서지만

도둑이 제 발 저리듯
기를 펴지 못한다.

난에의 초대

햇살이 눈부신 날
솔숲에 가보아라

아무도 범접 못 할
매몰찬 천지사방

파랗게 힘줄이 돋은
난을 보게 될 것이다.

비록 산짐승에 찢기어
처연한 몰골이지만

꼬장한 성깔머리
신운 하나 지닌 채로

송뢰에 귀문을 열고
천수경을 외울 게다.

쇠절구를 숫돌에 갈아 바늘을 빚는다는

천태산 마고할멈의 고래 심줄보다 더한 끈기나, 동해를 하릴없이 바라보다 망부석이 된 박제상 처의 서릿발보다 무서운 기다림이 하나같이 부질없는 일이 아니라면 쏜살같다는 세월을 다잡는 초래방정일랑 그만 떨고…

한 포기 민춘란이라도 난을 길러볼 일이다.

난의 늪 1

유년의 솜사탕 같은
유혹에 이끌리어

한달음에 내달은 땅
그 땅은 늪이었어

시원을 알 수 없는 늪
종교보다 깊었다.

헤어나지 못하는 미망迷妄
차라리 은혜였다

천 년을 내리내리
끝이 없는 신의 편애

선 채로 열반에 들어
하늘 소리 듣는다.

난의 늪 2

튼실한 굴레 하나
화관인 양 눌러쓰고

수신호에 이끌리어
멋모르고 내달은 길

퇴로는 막힌 지 오래
우두커니 서 있다.

발아 發芽

퇴촉 하나 묻어두고
조바심에 바장인다

이끼를 헤집어도
꼼짝 않는 너의 속내

얼마큼
애를 태워야
촉을 올려줄 것인가.

새촉 하나 뿌리 한 올
질기디질긴 명줄

분 속에 넘친 환희
난실 가득 메워놓고

한바탕
신명 난 춤사위
새 생명이 홰를 친다.

양란養蘭 3

촉마다 일고 있는
생명의 숨결일레

기도같이 가뭇한 몸짓
예고된 사랑이기

이제사
깊디깊은 병
눈물임을 내 알았다.

정처를 알 수 없는
한 가닥 떠돌이 바람

정갈한 기가 넘쳐
혼쭐 하나 맑히는가

여지껏
잊고 살아온
엄니 손을 다시 본다.

난 14

난 속에 책이 있어
삼매경에 젖어든다

모양새 추스르고
호흡도 가다듬고

감당치 못할 욕망은
먼발치에 밀쳐둔 채.

심지 하나 곧추세워
가부좌로 앉아본다

슬픔은 장삼처럼
전신을 휘어 감고

육십 년 세월이 명치끝에
턱걸이를 하고 있다.

난 15

암만캐도 아니지 싶다
내 지난 긴긴 세월

잰걸음으로 설쳐봐도
저만치 비켜 가고

눈앞의
아득한 그대
아지랑이 같은 그대.

내 안에 있다 싶어
해 질 녘 찾아보면

어느새 별이 되어
허공중에 박혀 있다

아찔한 현기증 속에
까마득히 오는 그대.

백명*난실 栢鳴蘭室

발코니 한켠에다
두어 평 지은 난실

장인의 손을 빌려
내다 건 '栢鳴蘭室'

난꽃이 벙글라치면
날 새는 줄 몰랐다.

방장산 소심 한 촉
난대에 모셔놓고

정갈한 물을 주고
상전인 양 바친 정성

청복에 겨운 서생이
와불인 양 누웠다.

* 경기대학교 故 전형대 교수.

신아 新芽

야산에 터를 잡고
신운이 몸을 푼다

누구의 공양인지
촉마다 영기 배어

산고에 지친 청산은
코를 골고 누웠다.

테를 두른 잎사귀에
정감이 절로 인다

먹을 가는 마음으로
바위처럼 엎드리어

자잘한 세상 이야기
들려주고 싶었다.

개작 改作

만든 지 이십 년 된
석부작을 개작했다

튼실한 뿌리마다
세월이 숨어들어

단아한 자태는 옛말
색은 온통 바랬다.

한물간 풍란 뿌리
자르고 걷어내어

더러는 보식하고
이끼도 갈고 보니

다도해 푸른 물결이
수반 위에 찰찰 넘쳐….

퇴물을 헤아리면
어디 풍란뿐이겠나

아집에 욕심까지
갖출 건 다 갖추어

이참에 때 절은 육신도
바꿔보고 싶었다.

꿈의 언덕 꿈의 향연

거제야
네가 해였기에
나는 해바라기였고

네가 달이었기에
나는 달맞이꽃이었다

너로 해
나는 먼 그리움
냉가슴만 쓸어내린다.

남녘땅 끝자락에
한마당 난의 잔치

무쇠로 빚은 슬기
김 오르는 꿈의 향연

덩이져 일렁이는 눈길 앞에
다가서는 꿈의 언덕.*

뉘라서 너를 일러
암향이라 하였던가

난이여 춘란이여
청순한 그 향기여

바람에 실려 오는 고향 소식에
나는 또 가슴을 앓는다.

* 香坡 : 한국 난계에서 사표로 추앙받고 있는 金琪容 선생의 아호.

거제 난향

솔가지 실눈 뜨는
옥녀봉 산자락에

밀물 썰물 헤아려온
춘란의 촉이 튼다

수천 년 샛바람을 견딘
섬사람의 기상이려니.

신열을 토해내는
햇살은 눈부시다

고절한 잎새마다
거제 혼은 묻어나고

표백된 물빛 언어는
소심으로 피어난다.

갯벌처럼 질척이는
이 고장 따는 인정

난향에 취한 섬이
꿈틀 기지개를 켜면

반도에 퍼지는 봄기운
신바람이 절로 인다.

사람 사는 재미
-제10회 거제난대전에 부쳐

사람도 친구 되어
한 십 년 어울려야

열 길 물속보다 깊은
그 속을 연다더라

아무럼 깊디깊은 속
속내를 보이고말고.

백화가 경염하는
갑신년 삼월 하늘

열 번째 난의 향연
거제에서 문을 연다

향파香坡는 언제나 거기
앵의鶯衣*로 피어 있고.

사람이 난에다가
정붙이고 사는 것도

몇 넌 묵은 된장 같은
난우를 찾는 것도

이제사 내 알 것 같다
사람 사는 재미란 걸.

* 향파 선생이 명명한 춘란 이름.

거제巨濟를 위한 난의 서시序詩

온정이 발목을 잡아
늘 해풍에 눈이 시리다

동란, 그 허기진 배
약손 되어 달래던 고장

거제는 움직 않은 채
샛바람을 거둔다.

향파 선생 지고한 뜻
이 고장 난이 촉 트고

머리 푼 잎잎마다
남녘의 봄이 흐른다

다도해 청청한 숨결
섬이 지금 초록을 낳고….

축복을 내리는 섬
의지가 부푸는 산

품 안 가득 난을 가꿔
지켜온 허구한 세월

이제사 한반도를 이고
가슴 열어 보이는가.

난전蘭田에 탑을 쌓고
— 향파 선생 애란비 제막식에 부쳐

점지된 외길인 양
난도蘭道에 바친 항심恒心

수양산 그 그늘이
팔십 리 간다지만

난전에 쌓으신 탑은
끝 간 데를 모릅니다.

높은 뜻 크셨기에
강이 되고 산이 되고

난향 그윽한 언덕 위에
선학 되어 앉으신 님

일구신 난인蘭人의 길이
이리 탄탄하옵니다.

고현만 굽어보면
빗碑돌로 섰는 당신

앵의며 백록모영白鹿暮映*
상기도 푸르른데

애란은 애국이란 말씀
가슴에 와 닿습니다.

* 향파 선생께서 명명하신 한란 이름.

황홀한 자태여라
-제11회 경남난연합전에 부쳐

바라보는 것만 해도
청복으로 가득한 날

분수처럼 솟구치는
열정에 몸을 푼다

무얼까 넘치는 연모
나를 위한 보시런가.

세파 견딘 질긴 모습
영기 배인 잎사귀여

한바탕 춤사위에
넘쳐나는 신명이다

꽃 피어 황홀한 자태
서럽도록 빛부시네.

공든 탑이 무너지랴
-《난과생활》 지령 300호에 부쳐

三白號 말이 쉽지 헤아리니 사반세기
해마다 틔운 새촉 꽃 피고 가지 뻗어
애환의 숨결 고르며 나이테를 수놓았네.

열정 지닌 사람들이 엮어낸 책이 있어
쪽마다 이는 향기 소심인가 하였더니
가득한 사람의 향기 정이 넘쳐흐르누나.

산에서 내려온 풀 난은 정녕 풀이었다
그 풀에다 혼을 넣어 군자로 거듭났네
횃불을 높이 치켜든 그대는 누구인가.

기대품으로 태어나서 명품으로 피었구나
뿌리 또한 튼실하여 잎새 마냥 푸르르고
장인이 빚어낸 열매 옹골찬 줄 내 알겠다.

유유히 흐르는 강 서두는 걸 보았는가
옛사람이 이르기를 伏久者 飛必高라
이 산하 가득한 신운 千號萬號 담아다오.

| 해설 |

예술적 장인의 문학적 성과,
시조에 깃든 난을 말하다
– 아름다움이 자연의 뿌리에서 출발하다

남진원 **문학평론가**

1. 좋아함과 창조성의 진가

　문인이나 학자들은 학문을 하고 문학작품을 창작한다. 그들이 유독 좋아하는 사물에 대한 생각은 어떠했나? 그것들은 좋아함에서 진화하여 창조성의 진가로 우리에게 다가온다.

　성리학의 거두 이황, 그는 시 「陶山月夜詠梅(도산월야영매)」에서 '自有淸香滿院間(자유청향만원간)'이라 하여, 스스로 맑은 매화 향이 뜰 가득 차오른다고 매화를 노래했다. 살아생전에 천여 편이 넘는 시를 지었으니 위대한 성리학자이면서 가히 뛰어난 시인이라고도 할 만하다. 그는 매화 사랑이 남달랐기에 죽을 때에도 매화분에 물을 주라는 유언을 했다고 전해진다.

　송나라 때의 개혁가 왕안석은 '遙知不是雪 爲有暗香來(요지불시설 위유암향래 : 멀리서도 눈이 아님을 알 수 있으니 몰래 찾아드는

196

향기 때문이지)'라고 하며 매화를 칭송했다.

이 밖에도 조선시대 시조의 거장 윤선도는 대나무를 예찬하는
「오우가」를 썼다.

국화에 대한 예찬도 있다. 미당 서정주 시인의 시 「국화 옆에
서」가 있는가 하면, 중국의 시인 도연명은 '採菊東籬下 悠然見南
山(채국동리하 유연견남산 : 동쪽 울타리 아래 국화 꽃잎을 따다가, 우
두커니 남산을 바라보네)'이라고 하여 국화에 대한 사랑을 그렸다.

북송의 유학자 주돈이는 「애련설愛蓮說」을 통해 연꽃을 칭찬하
는 글을 썼다. 연꽃은 진흙 속에서 나와 더러움에 물들지 않고 요
염하지 않아 멀리 바라볼 수는 있어도 함부로 할 수 없는 꽃이기
에 사랑한다고 했다.

이처럼 문인, 학자들은 자연의 사물에 대해 극진한 애정을 보
였다. 그로 인해 미는 더욱 세련되고 우아하게 표상되었다. 감추
어진 실상들은 각고의 노력으로 진주 같은 결정체가 되어 독자
의 마음에 감지되는 것, 그것은 작가들의 희열이며 또한 긍지일
수도 있다.

현대에 와서는 자연의 여러 사물 중에 유독 사랑받는 것이 드
물다고 여겼는데, 이성보 시인의 난초에 대한 시들을 읽으면서
'난초'에 대한 사랑이 고금을 통해 남다름을 볼 수 있었다. 고통
을 수반하지 않는 창조적 작업은 무위로 끝나기 쉽다. 확인하기
어려운 실체들을 규명해나가는 것처럼 시인이나 소설가는 고통
을 기꺼이 행복으로 여기며 미지의 사물에 대해 탐색하고 그 속
에 깃든 결정체들을 탐구해나가는 일련의 기술자들이다.

이번에 이성보 시인께서 낸 시조집에 수록된 난초의 이야기들
은 깊은 사랑과 희열을 동반한 애환적인 서사시라 할 수도 있다.

시인께서는 지독한 열정으로 그들을 대한다. 그리고 그곳에서 천 년의 맥박으로 뛰고 있는 우리 민족의 영기靈氣를 퍼내고 있다. 읽어갈수록 그윽하고 함부로 할 수 없는 고통 같은 애정의 깊이에 몰입하게 된다. 그리하여 좋아함과 창조성의 진가는 난초의 잎과 뿌리, 그리고 꽃잎에서 퍼지는 향기에 매달려 있음을 시구로 맡을 수 있었다.

2. 난초에 대한 이야기

난초는 알다시피 사군자에 속하는 식물로 그 고아함을 최상으로 친다. 난초는 따뜻한 남쪽 지방에서 주로 많이 자라난다. 그 종류도 많은데, 춘란, 한란, 죽백란, 풍란, 석곡, 약난초 등이 있다. 이성보 시인께서는 이 시조집에서 주로 춘란과 석곡, 풍란 등을 소재로 하여 작품을 많이 쓰셨다. 춘란 중에는 설판에 점이 없는 것을 소심素心이라 한다. 소심은 글자 그대로 깨끗하고 순수한 난초를 의미한다. 소심에 색이 있으면 색화소심이라 하는데, 색화소심에는 황화와 홍화 등이 있다. 이 시조에도 황화와 홍화에 대한 시구가 나타난다.

잠시, 난초에 대한 역사적 이야기로 거슬러 올라가 보자.

『역경易經』「계사상전繫辭上傳」에는 사람을 난초에 비유하여 말하고 있다. '二人同心 其利斷金 同心之言 其臭如蘭.' 사람들 마음이 하나가 되면 그 날카로움이 쇠를 끊을 수 있고, 그 마음이 모여서 하는 말은 난초의 향기와 같이 아름답다는 뜻이다.

사회가 정正하게 변동되기 위해서는 먼저 사람의 마음이 변화

되어야 한다. 사람의 마음이 변화를 이루는 과정에서는 마음이 하나로 모아져야만 한다. 하나로 모아진 마음은 세상을 변화시키는 힘이다. 그 예가 해가사의 이야기이다. 강릉 태수의 직책을 맡은 순정공이 수로부인을 데리고 강릉을 향해 온다. 오는 도중에 수로부인이 동해 용왕에게 납치를 당한다. 그때 사람들은 언덕에 올라서서 막대기로 땅을 치며 일제히 노래를 불렀다. 한마음이 되었던 것이다. 바닷속의 용왕도 수로부인을 내놓을 수밖에 없었다. 수로부인의 아름다움이 용왕을 유혹하기도 했지만 그 아름다움이 마을 사람들을 한마음으로 이끌었던 것이다. 그 미모에 못지않은 난초의 향기는 바로 세상을 바꾸는 힘이라는 것을 『주역周易』에서 말하고 있다.

즉, 사회변동의 힘은 '아름다움'이란 말과도 통한다. 난초는 '아름다움'과 '향기'를 함께 지닌 식물이다. 그 자태는 안온하지만 빼어나고 그 향기는 사람의 마음을 움직인다. 기세가 있지만 거만하지 않고 향기가 있어도 도도하지 않으니 가히 꽃 중의 꽃이 아닐 수 없다.

이성보 시인은 '난초'에 대한 시조만으로 한 권의 시집을 엮었다. '난초에 대한 사랑'은 지극함을 이미 넘어서 있었다.

3. 아름다운 수렁, 난초의 늪에 빠지다

시조 작품을 보면, 시인은 어느 날부터 시원을 가늠할 수 없는 난의 늪, 종교보다 깊은 난의 늪에 빠진 걸 알 수 있다.

한번 내디딘 후로
돌아서지 않는 발길

얼마큼 또 닦아야
거울 같은 눈을 뜰까

전신을 옥죄는 사슬
몸이 활활 타는 단내.

둘러친 창살 속에
혼자 쓰는 주홍 글씨

그런 글씨 내내 쓰다
지우기 수십만 번

깊이를 가늠 못 할 수렁
이젠 나도 모르겠다.
―「난과 덫 그리고 수렁」 전문

유년의 솜사탕 같은
유혹에 이끌리어

한달음에 내달은 땅
그 땅은 늪이었어

시원을 알 수 없는 늪
종교보다 깊었다.
  -「난의 늪 1」첫째 수

　위의 시조에서 보는 것처럼 난초에 대한 사랑은 깊은 병이 들
정도였다. 시인은 난초뿐만 아니라 아름다운 자연에 대한 집념도
유별났다. 중국 대륙의 기묘한 부분을 송두리째 거제도에 만들어
놓았다. 바로 '장가계張家界'이다. 장가계는 중국의 대표적인 관광
지이다. 장가계에는 천문산이 있다. 천문산은 아주 깊어서 옛날엔
기인재사奇人才士들이 은거한 곳이기도 하다. 삼황오제 때는 적송
자, 춘추전국시대에는 귀곡자, 한나라 때에는 장량 등이 지냈다고
한다. 장량은 유방을 도와 한나라를 세우지만 신하들이 토사구팽
당하는 것을 보고 천문산 계곡에 은거한다. 한고조 유방은 장량
까지 제거하려 했으나 산세가 워낙 험준하여 장량 제거는 실패에
그친다. 오히려 그 일대를 장량의 은거지로 허락해주었는데, 그
후부터 그곳을 장량의 성을 따서 '장가계'라 불렀다고 전해진다.
　이성보 시인은 장가계의 기묘한 지세와 산세를 꼭 빼닮은 '장가
계'를 옮겨놓은 듯 직접 만들어놓았으니 이쯤 되면 자연에 대한 사
랑이 '천석고황泉石膏肓'에 이르렀다고 해도 과언이 아닌 것 같다.

4. 난의 향기, 작품의 향기

　이성보 시인의 난초에 관한 시조를 읽으려면 우선 거제도를

알아야 한다. 그의 난초에 대한 시조는 거제도 사랑에서부터 시작하기 때문이다. 거제도는 아열대식물이 잘 자라기에 적합한 기후 풍토이다. 겨울에도 기온이 영하로 내려가는 날이 없을 정도이고 여름에는 25℃ 내외를 유지하여 석란, 풍란 등이 자라기에 적합하다. 이성보 시인은 거제에 살면서 거제의 난초를 보며 섬사람의 기상을 배우고 우리 땅의 지혜를 찾는다. 난초를 비유하건대 조선 여인의 긴 댕기, 꼿꼿한 선비의 기개, 고절, 조선의 혼, 밝고 굳건한 기상, 검푸른 검, 두루마기 입은 조선 사람의 기개 등으로 드러낸다. 난초를 한국인의 꽃이요, 조선인의 정신을 담은 식물로 여기는 것이다.

솔가지 실눈 뜨는
옥녀봉 산자락에

밀물 썰물 헤아려온
춘란의 촉이 튼다

수천 년 샛바람을 견딘
섬사람의 기상이려니.
―「거제 난향」 첫째 수

옥녀봉 산자락에서 돋아나는 춘란을 보고 기쁨에 들뜬다. 옥녀봉은 거제 동쪽의 해발 555m인 산이다. 옥녀봉 산자락에서 춘란이 샛바람을 이겨내고 촉이 트는 것을 보고 섬사람의 기상으로 여긴다. 자신의 고장에 대한 사랑과 믿음을 볼 수 있는데, 거제와 난초에 대한 애정은 여기에서 그치지 않는다.

거제야
네가 해였기에
나는 해바라기였고

네가 달이었기에
나는 달맞이꽃이었다

너로 해
나는 먼 그리움
냉가슴만 쓸어내린다.

남녘땅 끝자락에
한마당 난의 잔치

무쇠로 빚은 슬기
김 오르는 꿈의 향연

덩이져 일렁이는 눈길 앞에
다가서는 꿈의 언덕.

뉘라서 너를 일러

암향이라 하였던가

난이여 춘란이여
청순한 그 향기여

바람에 실려 오는 고향 소식에
나는 또 가슴을 앓는다.
—「꿈의 언덕 꿈의 향연」 전문

거제를 해와 달로 비유하며 그곳에서 난의 잔치가 펼쳐지고
있음에 기쁨의 노래를 부르는 것이다. 슈베르트는 자신이 작곡
한 음악에 대해 '비애의 산물'이라고 할 정도로 원초적인 슬픔의
감정을 토로했다. 이성보 시인의 경우 또한 환희로 다가오는 꿈
의 향연이 가슴앓이로 다가오는 것을 볼 수 있다.
　바위나 죽은 나무줄기에 붙어서 자라는 난초가 석곡石斛이다.
시인은 석곡을 바라보며 삶의 지혜를 배운다.

꽃 지면 잎이 지는
정연한 질서 속에

희디흰 잔뿌리는
세상을 움켜쥐고

짤막한 마디마디에
향을 숨겨놓았다.

부토를 마다하는
반골의 생리하며

마른 줄기에 촉을 다는
장생의 묘법하며

땡볕에 맞서는 오기
하나같이 부러웠다.
―「석곡石斛」 전문

원래 석곡은 남해 절해고도에 서식하는 착생란이다. 아무도 보
아주지 않아도 의연히 싹을 틔우고 꽃을 피워낸다. 그것도 험한 바
위 사이에서 뿌리를 뻗는다. 그 위험한 야심이 얼마나 대단하랴.
꽃이 피면 매화 향기와 같은 청향을 풍긴다. 세상을 움켜쥐는 잔
뿌리의 억센 힘! 감히 땡볕에 맞서는 오기뿐만 아니라 그 어려움
속에서야 장생의 도를 갖춘 석곡이야말로 험난한 세상을 헤쳐 가
는 열쇠가 되는 것을 알기에 부러워하는 마음으로 노래하고 있다.

풍란도 거제 풍란은
잎새가 작설 같다

갈고지 마파람을
알몸으로 버티다가

천지를 혼절시키는
단내를 토해낸다.
　－「풍란 4」전문

이쯤 되면 가히 난초의 향기가 으뜸 아니겠는가. 그래서 옛사
람들은 그 향기가 10리까지 퍼진다고 했던 것이다. 갈증에 목이
메어도 인내하며 생존하는 게 풍란이다. 얼마나 매섭고 아린 세
상을 홀연히 이겨내며 꿋꿋이 고개를 드는가. 그리고 진한 향기
를 내뿜는 풍란 앞에 시인은 경건한 마음으로 절로 고개가 숙여
지는 모양이다. 매운 삶의 철학이 담겨 있는 풍란은 어찌 보면 면
면히 이어온 우리 조선의 힘줄 같은 것인지도 모른다. 시인은 모
진 환경 속에서 힘들어도 장쾌하게 살아가는 풍란의 모습에서
조선의 선비 정신과 여인의 아름다운 향기를 함께 느낀다. 그래
서 이성보 시인은 하루를 살다 가더라도 고절한 잎새마다 넘치
는 자존의 고결함을 보고 풍란을 닮고 싶다고 했다.
　이성보 시인의 풍란에 대한 사랑은 여기서 한 걸음 더 나아간다.

가진 게 죄 되는 줄
진작부터 너는 알아

발붙일 한 뙈기 땅
그마저 마다하고

어쩌다 허공을 탐해

이름마저 풍란인가.

바람에 부대끼어
성한 곳이 없는 삭신

다지고 다진 내열
학 같은 꽃을 피워

저승길 알리는 단내
온 바다에 질펀하다.
　　　－「풍란 10」전문

　조선의 선비 정신은 여기서 더할 것이 없다. 풍란이 하는 몸짓
이 바로 흰옷 입은 조선의 선비가 아닌가. 이성보 시인은 '난초'
라는 거제 지역의 특징적인 식물을 통해 구원의 메시지를 전한
다. '개화' 연작시조에는 난초의 꽃이 피어나는 모습을 보며 신비
로움에 떠는 정경과 기쁨이 그려져 있다. 작품에서 뿜어내는 에
너지는 대상에 대한 철저한 객관적 인식에 근거하여 창조적 직
관의 세계로 이어지고 있음을 볼 수 있다. 직관을 통해 뽑아내는
서정의 실은 그야말로 비단결처럼 눈부시다.

　난꽃이 벙그는 밤
　창가에 어리는 숨결

뒤채다 또 뒤채다
끝내는 잠 못 이룬 채

그윽한 신비의 연원을
만져보고 싶었다.

하늘에 떠오르는
눈먼 별도 자릴 뜨면

정갈한 심지마다
눈을 뜨는 혼불이다

빗질한 달빛마저도
숨죽이는 이 한 밤.
          ―「개화 1」 전문

   난초의 꽃이 피어나는 순간을 숨을 죽이고 들여다보는 시인의
모습을 발견할 수 있다. 시인은 꽃잎 사이에서 우주의 숨결이 나
오는 비경秘境을 보고 있다. 얼마나 장엄한 순간인가.

   다소곳 꽃대 올린
   춘란을 볼라치면

   턱을 고인 추억들이

밀물처럼 밀려든다

방장산方丈山
솔바람 소리
귀에 쟁쟁 감겨오고.

작년에 왔던 꽃들
품바 되어 돌아왔다

소심은 소심으로
황화黃花는 황화대로

연인이
꽃을 건네듯
향은 뒤로 감추었다.
―「개화 4」전문

　독일의 시인이며 소설가인 노발리스는 낭만파 시인들과 자주
접촉을 하며 문학 활동을 펼쳐나갔다. 엄격한 가정교육을 받은
영향으로 경건함을 매우 중요한 덕목으로 삼았다. 노발리스는
이런 말을 했다. '시인은 정신 나간 사람이다. 그러나 모든 것은
그의 내부에서 일어난다. 그가 글을 쓸 때에 그는 글의 주체이며
동시에 객체이고 그의 생각과 글은 그의 혼이며 우주이다.'
　정신이 나갔다는 뜻은 시적 대상에 대한 치열한 몰입을 의미

한다. 그렇기에 모든 의식은 내부로부터의 혁명적인 이탈이며 그 자체가 주체와 객체가 되는 혼융한 상태를 의미하는 것이다. 진정한 아름다움은 정감을 진실되게 받아들이는 데에서 비롯된다. 위의 시조처럼 특정한 소재를 통해 발췌한 미적 상상력은 청각과 시각, 후각까지 젖어들게 했다. 그렇게 하여 본질 자체와 하나가 되고 싶은 욕망은 성숙한 시적 결말에 도달하여 감동을 전하고 있다.

현실 자체를 그대로 받아들이고 현실의 아픔과 고통이 객관과 주관의 사이를 통관하는 순간에 시인은 카타르시스의 세계에 도달한다. 그런 시적인 정화淨化는 정서의 현실적 기능에 충실해지는 단서가 된다. 이성보 시인의 많은 난초 작품들은 현실에 그 뿌리를 박고 있다. 그곳에는 뼈 시린 아픔이 있는 것과 동시에 당당함이 자리 잡고 있다.

속기를 저어하는
그 까닭을 알 것 같다

숨죽여 엿보다가
일순에 터진 환희

맨 처음 기도 끝인가
또 큰일을 저질렀다.

초봄에 여우비가

점호인 양 내린 뒤에

지축을 뒤흔드는
기운인가 여겼더니

시방 막 목욕재계한
흙의 정령 너였구나.
　　－「개화 6」전문

　새로운 세계를 발견한다는 것은 '독특한 위대함'이다. 난초의
향기는 흙의 정령이었기에 개화의 순간은 환희로움의 시간이 되
었다. 정직하고 순수한 세계는 선과 악이 거세된 곳에 있다. 난초
의 꽃봉이 터지며 개화하는 순간은 선과 악이 자리할 수 없는 순
간이며 위대한 경악驚愕이다. 그것은 독특한 위대함이고 독보적
인 환희로움이기에 목욕재계한 흙의 정령으로 변용되기에 이른
다. 어둠 속에서 빛을 내는 불빛처럼 난초의 개화는 경이로움을
머금은 향기의 불빛을 전하고 있다.

산허리 잘라내어
너 한 촉 빚었느냐

깊은 골 물을 막아
속기마저 씻었느냐

혼신을 다한 청산은

기진하여 누웠다.

야산의 풀이 되어
은자처럼 숨었어도

커다란 그 숨결에
산은 의미 더하고

너로 해 무색한 하늘
꿈도 멍이 들었다.
　　　　　－「산란 17」 전문

이 시조집에는 여러 편의 '산란'도 선보이고 있다. 작품 편편마다 시인의 '순수함'은 의미를 더하는 서정의 세계를 지향하고 있다. 그리하여 난초의 아름다움에 대한 갈망은 산 전체에 대한 아픔과 사랑으로 그득히 괴어오름을 본다.

'보춘화'에 대한 연작시조도 보인다. 봄을 미리 알려주는 난초가 보춘화이다. 일명 '춘란'이라고도 한다. 겨울이 채 가시지 않은 계곡에서는 물소리가 들려온다. 만물은 계곡의 물소리에 하나둘 잠에서 깨어난다. 그 예쁜 물소리 졸졸거리는 음악에 보춘화가 귀를 연다. 아름다운 자태는 언 땅을 녹이고도 남음이 있다.

　풀린 땅 언덕배기
　기적을 저지른다

겁도 없이 꽃대 올려
학보다 목이 희다

꽃시샘 오슬한 추위
엿보는 줄 잊었다.

보춘화 이름값에
언 땅마저 녹아들고

해마다 땅기운 딛고
버릇처럼 꽃이 핀다

해풍에 절은 소금기
잎새마다 배었다.
ㅡ「보춘화 1」전문

뿌리 하나에 꽃 하나씩 피는 1경莖 1화花인 보춘화. 환상적 자
태를 자랑하는 꽃대는 학보다 목이 긴 아름다움의 절정에 있다.
꽃말은 산골 소녀 같은 '소박한 마음'이다. 그래서인지 보춘화를
보면 더욱 정감이 간다.

자맥을 둘러앉힌
자존의 풀 한 포기

꼿꼿한 선비의 기개
고절을 입었는데

필부는 두 눈을 감고
그윽한 향 맡습니다.

신열을 토해내는
햇살이 잔조롭다

영기 배인 잎새마다
조선의 혼 묻어나고

빛바랜 물빛 언어는
소심으로 피어난다.
　　　　－「보춘화 5」 전문

　선비의 옷자락에서는 조선의 향기가 배어난다. 홀로 깨끗하게 지킬 수 있는 절개가 있기 때문이다. 고절한 기운이 온몸에 배어 있는 선비의 모습, 얼마나 단아한가! 그 모습이 바로 보춘화의 얼굴이라고 한다. 아름다움이 때 묻지 않아 더욱 소박하고 정겹다. 격조 있는 집안의 가문처럼 품위 있는 보춘화에 대한 사랑이 미쁘게 그려져 있다.

청산이 문을 걸고 출산을 서두른다
천지간 설레임 속 연두색 신운神韻 하나
안태본安胎本 조선의 산하 난의 귀족 보춘화.

명당에 터를 잡아 설레임이 얼룩으로
어머님 손길 같아 고와지는 설운 마음
해종일 네 앞에 앉아 읊조리는 수도승.
―「보춘화 9」전문

자연은 어느 것 하나 경이롭지 않은 것이 없다. 그 정점에 있는
것이 봄을 알리는 춘란임을 말하고 있는 것이다. 이 시조는 꽃잎
이 버는 새로운 생명의 탄생에 대한 경이로움을 모두 담고 있다.
청산이 이때에는 문을 닫아걸고 출산을 서두른다고 했다. 얼마
나 경건한 탄생의 서막인가. 천지간에 설렘이 가득 찬 신운神韻
이 깃들어 있다. 그렇기에 작자는 해종일 피어나는 보춘화 앞에
앉아 수도승처럼 읊조릴 수밖에 없는 것이다.

예술에서 받아들이는 사랑은 거의 광기에 가깝다. 조선시대 어
느 시인은 한 해가 거의 끝날 무렵에는 그간의 작품들을 모두 모
아놓고 감사의 제를 올렸다고 한다. 시에 대한 존중이 여기서 더
할 수 없을 것 같다. 시를 사랑한다는 것은 이 세상의 빛과 어둠
을 껴안고 가는 행위이다. 시인의 난초에 대한 시적 오브제는 안
태본인 조선의 산하에 이르고 '삶의 명품'으로, '예술적 장인의 명
품'으로 들어와 앉음을 확인하게 된다.

5. 맺는 말 - 순수의 정점에 선 시인의 눈

　신이 인간을 창조했다면, 가장 멋진 솜씨는 바로 '아름다움을 가꾸는 마음의 눈'을 선물해준 것이라고 생각한다. 이미 모든 것은 신성하고 자유롭고 어느 것 하나 미적 요소가 없는 것이 없다. 그걸 일상의 눈으로는 파악하기 힘들다. 가장 깨끗하고 담백한, 우리가 말하는 순수의 정점에 서면 그것들이 다 보일 것이다. 이성보 시인은 순수의 정점에서 난초를 보았다. 그리고 읽어냈다. 그렇기에 시인의 시조집 『난의 늪』 속에 담겨 있는 시편들은 모두 위대한 예술혼이 낳은 산물이다. 특히 우리 것, 우리 지역의 난초에 대한 사랑과 굳건한 창작 활동은 '아름다움이 자연의 뿌리에서 출발한다'는 시적 성과를 가져왔다고 보여진다.

제3시조집

내가 사는 셈법

신산辛酸의 세월, 그 아픔의 노래

'신산'이란 말이 있다. 음식의 맛이 맵고 신 것처럼 살아가는 일이 힘들고 고생스러움을 비유적으로 이르는 말이다.

내가 운영하는 '거제자연예술랜드'가 개장 21년을 맞았다. 강산이 두 번 변한다는 그 세월이 바로 신산이었다. 눈물겹고 회한이 넘치는 날들이었지만 용케 견디어왔다고 가슴을 쓸어내렸다. 『내가 사는 셈법』은 그 아픔의 노래다. 어찌 감회가 없으리오.

변변찮고 무녀리 같은 작품들이지만 이를 한 권의 시조집으로 펴내게 되었으니 무언가를 마무리했다는 안도의 숨이 내쉬어진다. 시조집 발간에 도움을 주신 분들께 망강의 사의를 표한다.

－2016년 10월
菱谷齋에서 이성보

1부

오늘

오늘 1

가을은 성급하게
겨울로 가고 있다

요 며칠 비운 사이
산을 온통 다 태우고

누군가 비질해가는
신의 손을 보았다.

돌아보면 세월 잊고
상처 남긴 태풍의 눈

이제 서리꽃 피고
나부끼는 갈대의 파문

자잘한 세간사들이
요철 위에 뒹군다.

오늘 2

행간을 서성이는
오자誤字 같은 나날들을

타래실 사이사이
누벼가는 일손의 바늘

바늘귀 헛보이는 눈
수심 갈래 눈물 갈래.

행마법에 없는 수순
곤마의 연속이다

돌아올 수 없는 강
서둘러 건너놓고

승산이 없는 승부수
던질 곳도 마땅찮다.

오늘 3

다 잡은 세월의 끈
절기마저 앞당긴다

요 며칠 깜박 졸다
산의 빛도 마음도 잃어

절정을 태우는 빛깔
마음 짐작하고 있다.

칡에다 등이 얽혀
진창이 된 나의 일상

가사 한 몇 달만
잠자듯 잊는다면

남은 생 몽땅 주어도
아깝지가 않겠다.

오늘 4

약이라는 세월 두고
독으로 칠갑한다

사는 게 그런 거라
짐작은 하면서도

식은땀 전신을 적셔
옴짝달싹 못 한다.

보약인가 여겼는데
고쳐보니 독이었다

그 독을 둘둘 말아
포대긴 양 밀쳐두고

내 생에 못다 한 노래
수심가로 읊고 싶다.

오늘 5

빈 술병 소리 없이
쌓여가는 사금파리

숙취가 꼬리 무는
자다가 깨도 술병

잊혀진 삶의 편린들이
내게 묻는 삶의 애기.

아무리 털어봐야
알곡 한 톨 있을 리 없는

탈곡기 생각하면
오금이 저려온다

이제사 멀쩡한 쭉정이
네가 난 줄 알겠다.

근황 1

학자금 나무라던
김 서방네 유자나무

인건비도 안 나온다
따다 말고 그만뒀다

가지 끝 매달린 몰골
울퉁불퉁 가관이다.

허우대는 멀쩡한데
성한 곳이 없는 꼴통

추슬러 가릴 양이면
흠만 자꾸 만져지고

어금니 질끈 깨물고
어깨 뒤를 두드린다.

근황 2

먼지 쓴 거울 같은
겨울이 다가온다

도리질로 피한다면
천만 번도 더 할 것을

주눅 든 가슴 자락만
자꾸 쓸어내린다.

세 살 경풍에 죽으나
팔십 노망에 죽으나

죽기는 매한가지라며
히죽이 웃던 사람아

쓰디쓴 소주 한 모금
목젖 위에 맴을 돌고.

거제시 동부면 구천리 412번지

고독이 안개처럼
포복하는 야밤이면

한 번도 해보지 못한
통성기도 해볼거나.

근황 3

내 슬픈 날 떠오르는 얼굴 하나 있었다
회한의 눈물은 흘러 볼이 다 젖었다
자학도 은총이라는 말씀 새겨듣는다.

온화한 미소 뒤에 도사린 그 음모들
눈 뜨고 헛디디는 오판의 뜀박질 속
목젖이 아리는 울분 울컥울컥 토해낸다.

식은 재를 헤집고 불씨 하나 찾아본다
진작에 꺼진 줄을 번연히 알면서도
행여나 부는 입바람 입만 삐죽 부끄럽다.

근황 4

짙푸른 저수지 물
먼발치로 밀쳐둔 채

세월은 코잠 골아
깨어날 줄 모르는데

기습한 그리움마저
환청 같은 전자음.

산협을 감돌아 온
물바람 앉혀놓고

한 자락 목청 뽑아
육자배기 부를거나

술잔에 가득한 노역
팔자거니 마실거나.

가난이 덕지덕지
파리처럼 엉겨 붙은

물거울에 비친 얼굴
물살로 지워본다

거머쥔 절망의 문고리
놓을 힘도 이젠 없다.

세월 1

아내가 공을 들인
수제비를 받아 든다

유년이 목에 걸려
도리질을 해왔는데

뚝배기 국물마저도
남김없이 비웠다.

사람도 나이 들면
소금 절인 푸새마냥

날이 선 고집들도
수월해지는갑다

삭신은 녹슨 지 오래
예서 제서 삐걱댄다.

세월 2

허물어져 가는 헛간
햇살이 기웃댄다

봄날을 갈아엎던
쟁기는 녹이 슬어

곰삭은 세월은 결국
거미줄에 내걸렸다.

사람도 한물가면
쟁기처럼 되는갑다

성하지 못한 삭신
바람 앞에 삐걱인다

저만치 무대를 두고
뒷짐 지는 한 세월.

대춘 待春 1

복수초 두어 송이
봄이 몰래 피워냈다

부풀은 해토 속에
소곤소곤 새 움 소리

설익은 햇살 한 줌을
은혜인 양 받아 든다.

하늘땅 열린 길에
산빛 물빛 찾아오면

터엉 빈 가슴에다
푸르름을 채울란다

미움도 내 마음의 일
그리움은 손거울.

대춘 2
-겨울 소나무

늘 푸른 정감으로
자리 지켜 섰는 나무

그늘에 난을 키워
산이 온통 푸짐하다

귓결에 이는 솔바람
네가 신운 일깨운다.

서리 맞은 푸새인 양
코잠에 빠진 삼동

해토의 기운 이고
신명 난 장끼 울음

등 굽은 소나무의 기침
산이 허리 펴고 있다.

대춘 3

구겨진 파지같이
헹구고픈 일상인데

오리목 가지 끝에
곤지발로 꼬나문 봄

내가 또 나를 속이고
허리춤을 추스른다.

혹한에 찌든 가슴
지레 온 봄을 반겨

뒤이은 꽃시샘에
몸은 온통 피멍이다

연거푸 두는 자충수
내가 나를 못 믿는다.

대춘 4
-소심화素心花 대궁 끝에

우수가 지난 지 며칠
바람 끝이 매섭다

어제는 느닷없이
눈발마저 흩뿌리고

양지쪽
갓 나온 새싹
고개 도로 감춘다.

무심결에 봄을 맞으면
무덤덤 싱거울 거야

소심화 꽃대궁에
곤지발로 다가온 봄

귀문을 활짝 열어젖히고
하늘 소리 바람 소리….

2부
실일失日의 명銘

실일失日의 명銘 1

파릇한 돌나물 싹
덩이져 솟는 날은

어물전 생선처럼
그리움이 파닥인다

뭐 딱히 보고픈 사람
있는 것도 아니건만.

길일吉日을 헤이다가
마지못해 눈을 뜨면

녹지 않은 얼음같이
옴짝 않는 나날 앞에

부러진 날갯죽지마다
더께더께 쌓인 수심.

솔가지 끝 묻어나는
회한의 설레임 속

게으른 햇살 한 줌
보도 위에 웅크렸다

이런 날 낮술에 취해
우는 것도 제격이다.

실일의 명 2

남아도는 시간들이
물 위를 걸어간다

계절은 비탈의 뒤끝
빛살로 누벼나가고

텅 비운 가슴의 회랑
한숨으로 여닫는다.

소문난 잔치 다음 날
씻긴 그릇에 담긴 하늘

연못의 커단 거울에
구름 몇 점 얹혀 가고

낚싯대 드리운 하오
문득 산을 낚는다.

어떤 세상사

양어깨에 매단 짐이
한 백 근은 되는갑다

백 근 짐 죄다 지고
갯가로 갈 일이다

간물에 배추 헹구듯
시름 덩이 헹궈볼까.

빚 덩이 끌어안고
한 십 년 살다 보니

이력이 붙은 가난
옹이처럼 야물어져

빚도 다 재산이란 말
그 말뜻을 알 것 같다.

뒷북

지름길이라 믿은 길이
알고 보니 진창이다

한참을 추스르다
몸통째 빠져들어

회한에 절은 땟국물
울컥울컥 토해낸다.

장마처럼 질척이는
뚫리지 않는 물꼬

안간힘 써보지만
생채기만 늘어난다

귓전에 울리는 뒷북
뒤뚱뒤뚱 춤을 춘다.

터득의 서書

마흔도 꽉 찬 마흔
혹惑함도 지금은 없다

부대끼는 바람 안고
날을 세워 사는 목숨

난과 돌 깊은 미망迷妄 속
어슴푸레 열리는 문.

세월의 잔등에 업혀
허구한 날 자맥질을

허물도 사르고 나면
흙으로 돌아가는가

던지고 사는 셈법을
오늘에사 알 것 같다.

허명 虛名

남아도는 시간들이
물 위에 서성입니다

계절은 비탈길로
빛살을 몰고 가고

비워둔 가슴 한켠에
한숨의 길 냈습니다.

소문난 잔치같이
맑은 물은 허명입니다

물고기 보이지 않고
있어도 피라미뿐

낚싯대 길게 드리워
산을 낚아 올립니다.

폐허에서
-억새밭 풍경

사방이 시시한데
억새밭만 요란하다

해쌓는 몸짓들이
무슨 일을 낼 것 같아

냉가슴 쓸어내린 채
하얀 한숨 흘고 있다.

시 한 줄도 형벌 같은
혼돈의 늪가에서

쓰러지고 쓰러져도
나부끼는 소용돌이…

피보다 진한 한숨을
하얀 피로 쏟았다.

허일虛日

어제는 없었는데
돋아난 작은 풀잎

그 풀 위에 난데없이
날고 있는 벌레 하나

가을이 오는가 보다
풀 흔드는 바람 한 줌.

장마 통에 나온 햇살
보약인 양 받다 보니

안 그래도 까만 몸이
영락없는 숯검댕이

사는 게 그런 거라고
쌓인 해를 몰랐다.

풍선

오십견으로만 여긴
쉼 없는 어깨 통증

자조의 웃음 속에
부적인 양 붙인 파스

언제쯤 홀홀 벗을까
내 어깨에 메인 멍에.

마음 한켠 비워보려
가부좌로 앉아본다

난꽃이 피고 지듯
지그시 눈도 감아

이참에 삶의 끝매듭
풀어놓고 싶었다.

대일待日

고요가 무섭지만
한뎃잠 선잠 자며

탑을 쌓는 심정으로
사람 하나 기다린다

소나무 옹이와 같은
심지 하나 굳은 사람.

올 리도 없는 이를
속절없이 기다렸나

아쉬움은 산을 넘고
해동갑을 하는갑다

누굴까
신김치같이
눈에 삼삼 밟히는 이.

객수 客愁

때가 되면 버릴 줄도
알아야 하건마는

한 움큼 움켜쥐고
오가지 못하는지

먼지 쓴 벙거지 하나
귀밑까지 눌러쓴다.

줄거나 불지 않는
고만한 깊이의 여울

아래로만 흘러가는
어김없는 강의 순명

지고도 이기는 비결
문득문득 깨닫는다.

소탐대실

-바둑을 두며

장고 끝에 놓은 악수
묘수인 줄 알았다

사방천지 쫓기는 군졸
곤마의 연속이고

믿는 건 오직 대마불사
믿는 병이 도졌다.

진작에 버릴 것이
바둑돌뿐이던가

벌 받을라 남의 실수
오기로 버티다가

반면엔 가득한 사석死石
내가 나를 버린다.

꼼수에 거덜이 나
처참한 파장이다

여러 번 놓친 승기
복기는 씁쓸한 실소失笑

버리고 얻는 비결을
지고서야 알았다.

억새밭에서

정연한 질서 속에
저승길을 비질하는

뜻 모를 연민들이
불차처럼 달려들어

저녁답 해넘이의 불길
억새밭은 타고 있다.

영혼이 부대끼면
현란한 춤이 될까

억새의 잉걸불에
세상 근심 부려볼까

모진 연緣 바람 붙안고
등신불로 태어날까.

연緣

눈시울 적셔오는
맑디맑은 그리움을

대끼는 나날이라
가슴에다 묻어둔다

도지는 어지럼증은
어제오늘 일 아닌데….

세월을 탓하기엔
나도 이제 너무 지쳐

업보는 현기증 속
신기루로 다가오고

인연은 곤마로 살아
베개맡에 징징 운다.

오십 이후

사십이 엊그젠데
육십이 낼모레네

앞만 보고 내달리다
벌써 지난 그 반환점

그림잔 길어만 가고
들숨 날숨 가쁜 숨결.

움켜쥔 욕심 덩이
털어보니 빈 쭉정이

애당초 없는 알곡
이랑 가득 재워놓고

빈 짐에 도는 헛바퀴
따라 도는 따라지 삶.

3부
향리의 밤

향리의 밤

호두보다 야문 바람
댓돌 위에 통통 튄다

하나같이 등을 돌려
사위는 면벽인데

그 벽을 뚫지를 못해
짐승처럼 흐느꼈다.

자시子時에 소주 한 잔
사약인 양 털어 넣고

우두둑 소리 나게
자학自虐을 깨물었다

누구도 안 보는 내 얼굴
통통 바람 때린다.

귀향

빛바랜 사진처럼
가슴에나 지닐 것을

가필하고 채색하여
벽면에다 걸었더니

어느새 타인이 되어
돌아앉은 내 고향.

탑

층층이 쌓아 올린
비원의 돌탑 하나

행여, 무너질세라
정성으로 떠받들다

이끼 낀 연륜을 거스르며
천 년쯤을 생각했다.

튼실한 초석하며
덩그런 품격하며

정釘 먹인 자국자국
애린의 돌탑이여

손 모아 도는 탑돌이
별 하나에 주는 눈길.

무너져 내리는 것이
탑인 줄만 알았는데

오롯이 가슴 한켠이
허물어 내리는 것을

고향 땅 한참을 지나
타관에서 깨우치네.

고향 집 소묘

장수탕이 되어버린
고향 집에 서성인다

앞뒷산 간곳없고
망루가 된 새 아파트

세월의 낙관 같은 아파트
'이 편한 세상' 자리 잡고….

아버님 기침 소리
귀에 쟁쟁 맴을 돌고

아래채 곡간방엔
어머님 야윈 어깨

솥뚜껑 장단에 맞춰
밥을 짓는 작은 누이.

눈 감고 헤아리니
반백 년이 지나갔다

납작감 가지마다
유년의 기름등잔

지지지 끓는 심지 속
아버님의 가래 소리….

못자리

카랑한 목소리만
귀에 남는 내 아버님

이른 봄날 못자리에
갱자리*로 오시려나

소 몰던 날렵한 솜씨
골을 차고 넘쳤는데.

모아 쥔 소고삐도
부룩대기** 눈 흘김도

못자리에 맴을 도는
물방개 같은 회억

지명知命의 문턱에 서니
등은 하마 굽었다.

* 지심을 돋우려 못자리에 넣는 새 풀잎.
** '황소'의 방언.

보은
-아내에게

아닌 길을 길이라며
외곬으로 내달았네

부여잡은 소맷깃을
본체만체 뿌리치어

삼십 년 쌓은 공든 탑
반나마는 기울었다.

강산이 세 번 변해
절로 굽은 등줄기여

석양에 붉어진 볼
시부지기 웃는 그대

남은 날 줍는 햇살일랑
오지랖에 담아주리.

고구마

방학이 끝나는 날 밀린 일기 몰아 쓴다
어제는 큰 고구마 오늘은 물고구마
고구마 하나만 해도 한 달 치가 너끈했다.

뗄감 하는 긴긴 산길 고구마로 달랜 허기
삼시 세끼 그 고구마 물릴 만도 하건마는
허기진 우리 팔 남매 큰 것에만 눈이 가고.

어머님 손등같이 살이 터진 군고구마
봉다리 꼭 껴안고 야윈 달을 쳐다본다
썰밀물 가슴에 닿아 내 유년이 둥둥 뜬다.

266

어떤 잣대

연어처럼 회귀한 지
헤아리니 십 년이네

닿자마자 떠난 마음
꿩 잃고 매도 잃어

잡다한
세간살이에
목숨 걸까 두려웠다.

눈금마저 바래어져
삭아든 자를 들고

이리저리 재보지만
가늠 못 할 세상사다

어설픈
나의 잣대에
덧도지는 생채기다.

상흔

-성문이 아재

따개빈 양 엉겨 붙은
기계독 부스럼을

마이신 알약 빻아
환부마다 발라주던

외갓집 사랑채 골방
혼자 피난 왔던 사람.

준수한 생김새에
책을 늘 끼고 살아

큰 인물 되리라고
외할머닌 예견했다

삭이지 못한 아픔을
술로 달랜 긴긴 세월.

한 이십 년 전일 게다
수유리 통술집에

입성은 초라해도
눈빛은 살아 있어

어떻게 사느냐는 말
차마 하지 못했다.

현판식을 마치고

남의 빈터를 빌려
비닐로 둘러친 난실

이름치레란 놀림 속에
능곡재菱谷齋라 양각하여

곰삭은 정지 문짝을
현판으로 내걸었다.

물에도 썩지 않는
제주도 참벗나무

삼다도 바람을 견뎌
아직도 피가 돌아

세월의 앙금을 털고
가슴 열어 보인다.

삭아야 제맛이 나는
속이 꽉 찬 참벗나무

장인의 손끝을 울리고
속살에 새긴 글씨

현판은 무슨 현판이냐고
굽어보고 있구나.

돈과 오리

저수지에 풀어놓은
새끼 오리 수십 마리

허구한 날 잠방잠방
비늘 뜨며 붓는 몸통

떼 지은 푼돈의 행렬에
해가 지고 달이 뜬다.

잠시 한눈파는 사이
몸집이 집동 같다

포개진 사료 자루
배보다 더 큰 배꼽

벌어진 오차의 거리
五里보다 더 멀어라.

'인생은 돈'이라는
아내의 요긴한 설법

뒤늦은 오리 사육
뒤뚱뒤뚱 나의 행보

본전은 먹어치우고
꽥꽥 우는 집오리.

달빛

삼십 년 등을 돌려
떠났던 고향 땅을

무단히 찾은 세월
헤아리니 십 년이네

예 보던 달은 달인데
고쳐 보니 빛바랬다.

구름 속에 하관됐던
달이 다시 나타났다

달빛 따라 흔들리는
심사가 뱉은 독백

"사는 게 별것 아니다"
별것 아닌 그게 큰 범虎.

병석에서

네댓 평 내 뜨락에
계절은 찾아들어

눈 뜨면 달라진 세상
폐가인 양 돋는 잡초

만물이 일어서는 날에
풀잎 하나 누웠다.

꽃이 진 가지 끝에
뒤질세라 피는 잎새

사월은 하나 가득
아픔만 남겨놓고

두어 번 돌아눕는 사이
흔적조차 없구나.

석림지실石林之室에서

올올한 기상들이
열병하듯 늘어섰다

정한情恨도 내려앉고
열원도 파고들어

먼 하늘 잿빛 구름이
정수리에 내걸렸다.

유년의 아린 추억
이끼 되어 돋아난다

죽순처럼 솟은 소망
솔향기로 솔솔 날아

선 채로 열반에 들어
등신불이 될까 몰라.

입석立石 앞에서

염원을 포갠 돌이
하늘 향해 줄을 섰다

가늠 못 할 기운들이
전신에 흘러넘쳐

어느새 불끈 쥔 주먹
팔다리가 저려온다.

금강산 그 총석정
예서 너를 보는구나

돌 끝에 넘친 정한
기도보다 가멸차다

일천 점 포개진 염원
해일 되어 밀고 온다.

4부
가을 성城

가을 성城

돌에 정이 닿으면
그때부터 돌이 아니다

한 시대 떠받쳐 온
네모진 사념들이

오욕의 세월을 베고
남루하여 누웠다.

돌에 피가 스미면
그때 다시 돌이 된다

길섶에 귀를 모으면
고막 찢는 아우성 소리

억새만 죄인이 되어
실바람에 몸을 떤다.

성은 허물어져도
역사는 건재하다

빛바랜 이끼 틈에
아직도 남은 혈흔

무너져 내리는 것이
성벽만은 아니었다.

가을 산길

보리암죽 삼킬 때마다
눈물과 함께 돋아나던

돌 아래 죽은
내 누이의 파아란 명줄이
산국山菊으로 피어나기에
가을 산길은 나서기가 왠지 두렵다

산국만 없어도 좋을 가을 산길 오솔길.

솔가지 침針 끝마다
말갛게 실린 하늘

언뜻, 보고픈 이가 보이고
눈여겨 살펴보면
하늘 저켠에 딴 세상도 보이는 것 같아
가을 산길은 너무 맑아 왠지 두렵다

구름만 끼어도 좋을 가을 산길 오름길.

282

동부저수지

폭우로 몸이 불어
퇴수로가 분주하다

악취가 넘쳐나는
떼 지은 지푸라기

피라민 물 위에 뜨고
뙤약볕이 진을 친다.

어제는 하루 종일
산이 몰래 숨어들어

코잠에 빠진 호반
물은 온통 산색인데

새벽답 점령군 안개
사라질까 두려웠다.

겨울 저수지

허기진 철새 무리
제풀에 지쳐 있고

야윌 대로 야윈 억새
마른기침 잦아진다.

호반은 심장이 얼어붙어
옴짝달싹 못 한다.

졸고 있는 오리배는
달빛만 가득 싣고

적막을 포개 이고
실어증의 산봉우리

얼음판 후미진 양지
숨어 있는 봄을 본다.

구천댐

자맥질하는 산이
기진하여 누워 있다

검푸른 저 물빛은
하늘빛도 닮지 않은

아홉 골 길 잃은 물줄기
서로 골물 트고 있다.

천 길로 쌓은 둑방
빈틈없는 단속이다

실향민은 망향비에
이름 석 자 새겨놓고

물살도 없는 호반에
서로 얼굴 비춘다.

새벽 저수지

물살 없는 저수지에
물안개가 진을 친다

분수 아는 바람기는
얼씬도 하지 않고

적막은 둑방에 걸터앉아
피라미를 세고 있다.

저수지의 새벽

어둠을 토막 내는
까막까치 울음소리

무수한 시간들이
자맥질을 하고 있다

선잠 깬 절망의 제방
하품하며 일어난다.

폭우를 들이켜고
살기가 어린 수면

해종일 산의 머리채
잡아끌며 보채더니

밤새 내 삶아댔나 봐
온통 김이 서리네.

해금강 촛대바위 운韻

해일을 딛고 서서
엉버틴 만년 세월

들쑥날쑥 돌갗마다
곰삭은 삶의 흔적

우주의 한켠을 허물고
솟아오른 절규 하나.

진종일 칭얼대는
물살을 잠재우며

하늘에다 무진장無盡藏이란
편액을 걸까 보다

입 깨문 눈총의 끝에
수평선이 일어선다.

백강헌기 栢剛軒記

산에 드니 산이 없다
물소리가 진을 칠 뿐

잡다한 사념들이
굉음에 찢겨나고

경문에 구운 야삼경이
한 덩어리 돌이 된다.

문수골 골이 깊어
산울림도 풋내가 돌아

굽돌아 놓인 세상사
푼전 주어 떠나보내고

백강헌 만 평 뜨락에
이끼로나 앉을란다.

고속도로

사십 줄의 사내 얼굴은 삶의 이력서라
연장치레한 고자보다 허우대는 멀쩡한데
이름값 다 하고 살기에 활대처럼 등이 휜다.

도로는 늘상 생리 중 얼룩얼룩 핏빛이다
초읽기에 몰린 시간 추월이란 무리수라
갓길은 간이 화장실 발을 동동 구른다.

외길의 일방통행 선택의 여지도 없다
체증의 샌드위치 돌아서 가지도 못하고
파장을 위한 체념에 빨간불만 깜박인다.

횡포

생기를 잃어버린 소잔한 갈잎 위에
똬리 틀고 있는 세모꼴 뱀 한 마리
막대로 후려치려다 병인년*을 생각했다.

막대기 끝에 놓인
이저승의 갈림길

침략은 강자의 몫
오만은 힘의 유희

눈앞에 죽음을 두고
고작 내민 저주의 혀.

단지 마주쳤다는 죄, 죄치곤 가혹하다
외면이 시혜인 양 살며시 퇴로를 열면
스스로 똬리를 풀고 줄행랑을 놓는다.

막대기 내려놓고 뱀이 떠난 자리를 본다
잔광이 복병처럼 내려앉은 갈잎 위에
단 한 권 되돌려 받은 책이 눈을 흘긴다.

* 병인양요丙寅洋擾.

착란
─평화의 댐

낮달이 챙을 달면
개미가 줄을 선다

만약 사람이 미물의
예지를 배운다면

적어도 물난리만은
예측할 수 있을 게다.

광대의 칼춤에 따라
줄 이은 혼돈의 손길

성한 산하를 짓이겨
높게 쌓은 허망의 늪에

위기의 수달 가족이
생존법을 익힌다.

깊이 새겨진 문신
개칠할 수 없는 오판

온 겨레 힘을 모은
한바탕 가면무도회

더러는 신의 존재를
믿어보다 말다가….

별
-율곡 이후

대지는 비닐 온실
하늘엔 별이 없다

무료를 달래주던
별똥별도 꼬리를 감추고

요즈음 도회 아이들은
별을 헤지 않는다.

군관민이 민관군으로
바뀌는가 싶었는데

지각을 뒤흔드는
강풍이 몰아친 뒤

일간지 일면 상단이
낙성대落星臺로 변했다.

굴절의 시대에도
하늘엔 별이 있었다

294

스모그의 틈새를 젖혀
별들이 쏟아진 하늘

아무도 하늘이 두렵다는
말을 하지 않았다.

뼈대 하나 곧추세워

시뻘건 잉걸불의
동백 같은 신념으로

시대의 희로애락
행간을 메운 소식

고고성 지른 지 벌써
해를 세 번 넘겼다.

세 살 적 익힌 버릇
여든까지 간다더라

초발심 지핀 심지
매호마다 불을 밝혀

올곧은 거제 정신을
지면 가득 펼쳐다오.

길 두고 메를 가는
우리네 세상살이

두 눈을 부릅뜨고
뼈대 하나 곧추세워

거제의 고질도 물리칠
장한 한발 내딛거라.

내일을 여는 은어
-친구에게

거제 땅에 태를 묻은 정해년생 동갑내기
철부진가 여겼더니 지천명도 넘은 지 오래
시간은 흐르지 않고 쌓여가는 것이란다.

세월도 나이 들면 손금 같은 길을 연다
떴다가 가라앉는 물길 같은 갈래 진 세사世事
옥녀봉 감도는 구름 띠 후광 이고 살련다.

깊이 새겨진 그 이름

-6·25 참전 용사비 제막에 부쳐

몸 바쳐 지킨 강토 언제 적 조국인가
나라 땅 허리 가른 철책은 그대론데
산 같은 한을 지닌 채 어찌 누워 계십니까.

갑자甲子를 넘긴 세월 깊이 파인 상흔이여
남과 북 대치하는 전선은 그대론데
끓는 피 봉분을 넘쳐 하늘까지 닿습니다.

청사에 길이 남을 이름 석 자 깊이 새겨
높다랗게 비를 세워 옷깃 여며 섰습니다
용사여 영면하시라 두 손 모아 비옵니다.

고난 속에 피어난 아픈 삶의 노래

박영교 **시인**

　우리가 살아가는 데에 없어서는 안 될 필수적인 것이 무엇인가. 생필품에서 의식주의 모든 것이며 정신적 양식인 책과 여러 가지 것들이 없으면 교양 있는 삶을 살아갈 수 없다. 그래서 옛날부터 말하기를 '책이 없는 궁전에서 살기보다는 책이 있는 마구간에서 사는 것이 낫다'라고 했다. 사람은 다른 동물과 달라서 사고하며 생활하는 동물이기 때문에 약육강식하는 힘센 동물과는 구별이 되는 것이다. 요즘 항간에서는 동물과 같이 생활하는 기업가들도 있다고 하지만 잔인하게 살점을 찢어발기는 인간들도 있다는 옴부즈맨들의 이야기를 들으면서, 미국이나 다른 선진국들의 기업인들이 자신의 자산을 사회에 환원하여 빛나는 삶을 영위하듯이 우리나라의 기업들도 사회에서 번 돈을 사회로 조금이나마 환원해주며 산다면 우리나라가 얼마나 좋은 나라가 될 것인가를 생각해본다.

이성보 시인이 우리 '현대시조'를 위해 많은 헌신을 하고 있는 것을, 아는 시인은 다 잘 안다. 거제도의 외딴섬에서 검소한 생활 속에 시조를 열심히 쓰며 살아가는 시인이다. 타인의 아픔도 자신의 아픔처럼 품어주는 시인이며 타인의 어려운 생활을 자신의 일부처럼 살아온 시간의 소유자인 것 같다.

이성보 시인이 제3시조집을 낸다고 원고를 보내왔을 때 필자는 기꺼이 승낙을 하고 집필에 들어갔다. 사실상 필자가 너무나 바쁜 시간을 보내면서도 허락한 것은 그분의 작품에 대한 심성이 너무나 진솔하고, 삶에 대한 자신의 정체성identity이 확실하며, 살아가는 패턴이 순수한 점에 끌려서이다. 이번 제3시조집에는 작품이 60여 편 조금 넘게 실려 있다. 그의 작품 대부분은 삶의 편린들이 함께 엮어 있을 뿐만 아니라 삶의 아픔과 어려움들이 고스란히 녹아 있으며 그것에 대한 스트레스를 술로 푸는 눈물이 담겨 있다.

괴테는 그의 시에서 '눈물 젖은 빵을 먹어보지 않은 사람은 인생의 참다운 의미를 모른다'라고 했다. 자신의 일이든 남의 어설픈 일이든 우리가 살아가는 동안 함께 흘리는 눈물이란 값어치가 있으며, 혼자 골방 구석에서 남모르게 흘리는 피눈물도 그것이 진실을 이야기하는 것이라면 신god도 함께할 것이다.

가을은 성급하게
겨울로 가고 있다

요 며칠 비운 사이
산을 온통 다 태우고

누군가 비질해가는
신의 손을 보았다.

돌아보면 세월 잊고
상처 남긴 태풍의 눈

이제 서리꽃 피고
나부끼는 갈대의 파문

자잘한 세간사들이
요철 위에 뒹군다.
　－「오늘 1」전문

　이성보 시집 제일 처음으로 나오는 작품이다. 농사를 짓는 사
람이나 고기잡이를 나가는 어업에 종사하는 사람이라면 일기예
보를 빠뜨리지 않고 주간 일기예보나 일일 예보 등을 꼼꼼히 살
피게 된다. 나이가 든 사람들은 요즘 계절이나 시간이 뒤에서 등
을 떠밀듯이 흘러 지나간다고 말하곤 한다. 이성보 시인은 계절
이 너무나 빠르게 흐르는 것을 감지하고 있다. 봄이 없이 바로 여
름으로 건너뛰고 여름에서 가을인 듯하다가 겨울이 우리들 앞을
가로막고 서는 것이다. 첫째 수 종장에서 나뭇잎들이 떨어져 바
람에 쓰러져 가는 것을 잘 표현하고 있다. "누군가 비질해가는 /
신의 손을 보았다". 모든 일이 짧은 시간 속에서 순식간에 이루

어지는 상황이기 때문에 그 변화의 물결을 따라잡기가 어려운
것은 사실이며 시인은 그 변화의 물결이 오고 있음을 작품 속에
서 표현하고 있다.

행간을 서성이는
오자誤字 같은 나날들을

타래실 사이사이
누벼가는 일손의 바늘

바늘귀 헛보이는 눈
수심 갈래 눈물 갈래.

행마법에 없는 수순
곤마의 연속이다

돌아올 수 없는 강
서둘러 건너놓고

승산이 없는 승부수
던질 곳도 마땅찮다.
  -「오늘 2」전문

시인이 연작으로 쓴「오늘 2」이다. 살아가다 보면 그 짧은 시간

속에서도 자신의 모든 것이 변하고 그 변하는 상황을 바로 느낄 수 있는 것이 눈이다. 눈은 쉽게 변화되고 변화된 눈은 원상 복귀 되지 않고 다시는 그대로 돌아오지 않는다. 세월의 순간들이 빠르게 돌아가지만 누구 하나 그 빠른 시간들을 잡아낼 수 있는 자는 없다. 하루의 시간을 좌지우지하던, 중국의 만리장성을 쌓던 시대의 진시황제도 불로초를 구하지 못해 죽음을 맞지 않았는가.

이성보 시인이 둘째 수 초장에 쓴 낱말 '곤마'는 '사람이 타고 오래 달려서 지친 말, 바둑에서 살아남기 어렵게 된 말'을 일컫는다. 시인은 둘째 수에서 '곤마'를 통해, 너무나 지치고 살아남기 어려운 자신의 일들을 비관적으로 표현했다. 마지막 중·종장에서 "돌아올 수 없는 강 / 서둘러 건너놓고 // 승산이 없는 승부수 / 던질 곳도 마땅찮다"라며 너무나 절망적인 언어로 시를 표출하고 있음을 볼 수 있다.

약이라는 세월 두고
독으로 칠갑한다

사는 게 그런 거라
짐작은 하면서도

식은땀 전신을 적셔
옴짝달싹 못 한다.

보약인가 여겼는데

고쳐보니 독이었다

그 독을 둘둘 말아
포대긴 양 밀쳐두고

내 생에 못다 한 노래
수심가로 읊고 싶다.
－「오늘 4」 전문

이성보 시인은 「오늘 4」의 연작을 통해 자신의 생에 대한 아픔 또는 어려움, 슬픔을 함께 토로하고 있는 듯하다. 살아가는 것이 세월이면서 그 세월을 살아가는 사람에게는 독이 될 수 있다는 것이다. 내 자신 앞에 아픔을 늘어놓고 살아 움직이는 것을 보노라면 더욱 허전한 내일이 보일 뿐이다. 살아가는 그 자체가 독일 수도 있고 살아가면서 얻는 아픔도 있다. 시인은 자신에게 주어진 남은 날을 아껴서 수심가로 노래를 엮고 싶어 한다. 작품 「오늘 5」에서도 현재의 내 자신은 술로 세상을 살아가고 있음을 나타내며 절망적인 오늘을 노래하고 있다. 잠을 청하기 위해서 술을 들이켜고, 들이켠 술로 인해 잊어진 삶의 편린들이 또록또록하게 떠오르는 상황이다. 아무리 찾아봐도 좋은 일들은 남아 있지 않고 탈곡을 해봐도 남는 것은 쭉정이밖에 없다.

내 슬픈 날 떠오르는 얼굴 하나 있었다
회한의 눈물은 흘러 볼이 다 젖었다
자학도 은총이라는 말씀 새겨듣는다.

온화한 미소 뒤에 도사린 그 음모들
눈 뜨고 헛디디는 오판의 뜀박질 속
목젖이 아리는 울분 울컥울컥 토해낸다.

식은 재를 헤집고 불씨 하나 찾아본다
진작에 꺼진 줄을 번연히 알면서도
행여나 부는 입바람 입만 삐죽 부끄럽다.
　　　　　　　　　　　　　－「근황 3」 전문

　사람이 살아가면서 자학도 해보고 회한의 눈물도 흘려보고 슬
픈 날들의 얼굴들을 기억해볼 수도 있다. 이 복잡다단한 세상을
살다 보면 '저 사람은 그렇지 않겠지' 하면서 믿었던 사람의 웃음
뒤에 음모와 허실, 발등을 찍을 한 자루의 도끼가 숨어 있음을 모
를 때가 있다. 우리의 마음속 믿음이라는 낱말 뒤에서 속고 또 속
아서 패가망신하는 오늘의 사람들이 늘고 있다. 그래도 내 자신
은 그런 줄 알면서 그 속에서도 불씨 하나 건져내기 위해서 뒤적
이고 있는 헛수고를 생각할 수 있고 그런 상황도 견뎌보았을 것
이다.

아내가 공을 들인
수제비를 받아 든다

유년이 목에 걸려
도리질을 해왔는데

뚝배기 국물마저도
남김없이 비웠다.

사람도 나이 들면
소금 절인 푸새마냥

날이 선 고집들도
수월해지는갑다

삭신은 녹슨 지 오래
예서 제서 삐걱댄다.
-「세월 1」 전문

　누구나 다 나이를 먹으면 신체의 부분 부분이 아파온다. 필자
도 유년 시대에는 할아버지가 돌아누우면서 '아야야', '아이고' 하
는 소리들을 이해하지 못했다. 지금 나이가 점점 들어가면서 그
때 할아버지께서 돌아누우실 때마다 작게 토해내시던 신음 소리
가 생각이 난다.
　이성보 시인이 아내가 끓여주는 수제비를 먹으면서 어린 시절
우리 모두가 가난하던 시절이 떠올라 목이 메는 것을 독자들은
알겠다. 둘째 수에서는 나이가 들어감에 따라 삭신이 삐걱대는
삶을 살아야 하는 자신을 생각하며 작품화하고 있다.

파릇한 돌나물 싹
덩이져 솟는 날은

어물전 생선처럼
그리움이 파닥인다

뭐 딱히 보고픈 사람
있는 것도 아니건만.

길일昔日을 헤이다가
마지못해 눈을 뜨면

녹지 않은 얼음같이
옴짝 않는 나날 앞에

부러진 날갯죽지마다
더께더께 쌓인 수심.

솔가지 끝 묻어나는
회한의 설레임 속

게으른 햇살 한 줌
보도 위에 웅크렸다

이런 날 낮술에 취해
우는 것도 제격이다.
　　－「실일失日의 명銘 1」전문

　"글은 사람이다"라는 말이 있다. 이 말은 뷔퐁(1707–1788. 프랑
스의 박물학자·철학자)의 문장론 강의에서 처음 등장했는데, 글은
그 사람의 개성과 특징 등을 그대로 반영하기 때문에 글을 읽어
보면 그 글을 쓴 사람의 모든 것이 나타나 있다는 뜻이다. "천재
란 인내다"라는 말도 그에 의해서 나왔다. 이 시를 읽어보면 이
성보 시인의 소박한 마음과 정감이 넘치는 아픔과 회한의 설렘
이 그대로 나타나 있는 것을 볼 수 있다. 봄 햇살을 받은 돌나물
싹을 보면서 어물전 생선을 떠올리고 함께할 사람도 생각해본
다. 좋은 날을 꿈꾸다가 깨어보면 시인의 앞에는 덕지덕지 쌓인
수심들만 가득하고 회한의 설렘 속에도 따뜻한 한 줌의 햇살이
자신이 걸어가는 보도 위에 외롭게 앉아 있는 것을 볼 때 낮술을
한잔 먹고 울어보는 것도 어울릴 것 같다고 했다.

마흔도 꽉 찬 마흔
혹惑함도 지금은 없다

부대끼는 바람 안고
날을 세워 사는 목숨

난과 돌 깊은 미망迷妄 속

어슴푸레 열리는 문.

세월의 잔등에 업혀
허구한 날 자맥질을

허물도 사르고 나면
흙으로 돌아가는가

던지고 사는 셈법을
오늘에사 알 것 같다.
　　　　－「터득의 서﹏」 전문

　공자에 의하면 사람들 중에는 태어날 때부터 아는 자가 있고,
배워서 아는 자가 있고, 고생 끝에 아는 사람이 있다고 한다. 그
리고 고생해도 깨닫지 못하는 사람도 있다. 대부분의 사람들은
깨달아서 알고, 배우거나 남에게 들어 깨닫게 된다. 이성보 시인
도 우리와 마찬가지로 배워서 알고 깨달아서 알게 되었다고 보
겠다.「터득의 서」를 읽어보면 시인은 난과 돌에 집착하면서 깨
달음을 얻었다. 불혹의 나이에서부터 세월의 허구한 날을 이곳
에다 소비하고 흙으로 돌아갈 때까지 지속하리라고 생각했는데
지금에 와서야 던져버리고 사는 법을 터득한 것이다. 집착은 자
신을 해롭게 한다는 것을 터득한 것 같다.

　사방이 시시한데

310

억새밭만 요란하다

해쌓는 몸짓들이
무슨 일을 낼 것 같아

냉가슴 쓸어내린 채
하얀 한숨 흘고 있다.

시 한 줄도 형벌 같은
혼돈의 늪가에서

쓰러지고 쓰러져도
나부끼는 소용돌이…

피보다 진한 한숨을
하얀 피로 쏟았다.
　　　－「폐허에서 － 억새밭 풍경」 전문

　시인은 억새밭 풍경을 보고 "폐허"라고 지적했다. 하얗게 핀 억새꽃들이 바람에 흩날리는 것을 보고 시인은 첫째 수에서 "하얀 한숨 흘고 있다"라고 표현했으며, 둘째 수에서는 "피보다 진한 한숨을 / 하얀 피로 쏟았다"라고 했다. 억새는 볏과에 속하고, 갈대도 볏과에 속한다. 같은 계열의 억새와 갈대는 어떤 차이를 보일까?

프랑스의 수학자이며 철학자인 파스칼은 자신의 사상을 집약한 책『팡세』의 1절 첫머리에서 '인간은 자연 가운데에서 가장 약한 하나의 갈대에 불과하다. 그러나 그것은 생각하는 갈대이다'라고 했다. 그러므로 억새는 인간에 비유되지 못하고 갈대는 인간에 비유되는 것이 차이일 게다.

사십이 엊그젠데
육십이 낼모레네

앞만 보고 내달리다
벌써 지난 그 반환점

그림잔 길어만 가고
들숨 날숨 가쁜 숨결.

움켜쥔 욕심 덩이
털어보니 빈 쭉정이

애당초 없는 알곡
이랑 가득 재워놓고

빈 짐에 도는 헛바퀴
따라 도는 따라지 삶.
  ―「오십 이후」 전문

앞만 보고 살다 보면 옆 사람과 이야기도 못 하고 살아갈 때가 많다. 이성보 시인은 「오십 이후」 속에서 자신의 생을 "그림잔 길어만 가고", "빈 짐에 도는 헛바퀴 / 따라 도는 따라지 삶"이라고 비하하고 있다. 나이 사십이면 불혹不惑이라 한다. 즉, 어떤 일에도 미혹되지 않는 나이라는 뜻이다. 나이 오십은 지천명知天命이라 하여, 하늘의 뜻을 아는 나이임을 의미한다. 공자孔子가 오십세에 이르러 천명天命을 알게 되었다는 데서 나온 말이다.(『논어論語』)

자기 스스로를 반성하고 다시 고쳐나가는 것은 좋은 일이지만, 이 작품을 읽고는 살아가는 과정에서 얻어지는 많은 상실과 어려움을 스스로 극복하고 또 새로운 것에 대한 발견으로 발전해가는 것이 삶의 근본이 아닌가 조심스럽게 권유를 해본다.

빛바랜 사진처럼
가슴에나 지닐 것을

가필하고 채색하여
벽면에다 걸었더니

어느새 타인이 되어
돌아앉은 내 고향.
　－「귀향」 전문

요즘 우리가 그 옛날 살던 고향을 가보면 내 살던 집은 다 헐려

버렸거나 수리·보수해서 다른 사람이 살고 있어, 고향 집이라고 기웃거리다 보면 집을 지키던 삽살개가 나와서 컹컹 짖어대고 따라서 이웃집 개들이 합세하여 짖어대는 광경을 마주하게 된다. 그럴 땐 타인이 되어 되돌아오는 느낌을 받을 수밖에 없다.

> 아닌 길을 길이라며
> 외곬으로 내달았네
>
> 부여잡은 소맷깃을
> 본체만체 뿌리치어
>
> 삼십 년 쌓은 공든 탑
> 반나마는 기울었다.
>
>
> 강산이 세 번 변해
> 절로 굽은 등줄기여
>
> 석양에 붉어진 볼
> 시부지기 웃는 그대
>
> 남은 날 줍는 햇살일랑
> 오지랖에 담아주리.
> ―「보은―아내에게」전문

이성보 시인의 이 작품을 읽고 생각난 말이 있다. '아내의 말을 들으면 자다가도 떡이 생긴다.' 정말 좋은 말이다. 돌다리도 두들 겨보고 건넌다고 하는 사람이 바로 내 자신의 분신인 내자內子이 다. 하늘 같은 사람의 말을 잘 들으면 실패 없는 인생을 살 수 있 다는 말이 있다. 30년 동안 외곬으로 살아온 시인은 마지막 남은 날은 아내에게 바치겠다는 약속을 한다.

방학이 끝나는 날 밀린 일기 몰아 쓴다
어제는 큰 고구마 오늘은 물고구마
고구마 하나만 해도 한 달 치가 너끈했다.

땔감 하는 긴긴 산길 고구마로 달랜 허기
삼시 세끼 그 고구마 물릴 만도 하건마는
허기진 우리 팔 남매 큰 것에만 눈이 가고.

어머님 손등같이 살이 터진 군고구마
봉다리 꼭 껴안고 야윈 달을 쳐다본다
썰밀물 가슴에 닿아 내 유년이 둥둥 뜬다.
－「고구마」 전문

시인은 작품「고구마」를 통해서 어린 시절 살아가던 삶의 현장 을 표현하고 있다. 지금의 아이들이나 젊은이들은 춘궁기를 겪 어보지 못한 세대이므로 작품「고구마」를 이해하지 못하는 것이 당연하다. 그러나 부모님이나 할머니를 통해 많은 이야기를 들 었을 것이다. 아직도 도시 한복판에서 살아온 초등학생들 중에는 우리가 항상 먹는 쌀밥의 쌀이 어디에서 나는지를 모르는 아이들도 있다고 한다. 이성보 시인은 초등학교 다닐 때 삼시 세끼를 고구마로 살던 일, 부모님이 허기진 팔 남매를 키워내신 일, 우리를 위해 일을 하시던 어머니 손등을 생각하며 유년 시절의 아픔을 보낸 바닷가에서 지금 살고 있는 것이다.

올올한 기상들이
열병하듯 늘어섰다

정한情恨도 내려앉고
열원도 파고들어

먼 하늘 잿빛 구름이
정수리에 내걸렸다.

유년의 아린 추억
이끼 되어 돋아난다

죽순처럼 솟은 소망
솔향기로 솔솔 날아

선 채로 열반에 들어
등신불이 될까 몰라.
　―「석림지실石林之室에서」 전문

이성보 시인이 일하는 작업실 이름이 '석림지실'인 것 같다. 작품을 읽으면서 석림지실이 얼마나 크고, 그 속의 작품들은 어떻게 서 있는가를 짐작할 수 있다. 빽빽하게 서 있는 입석 작품들이 열병하듯이 서 있는 석림지실은 시인이 직접 만들고 깎아 세운, 정한이 서려 있는 작품들의 집이다. 그 작품에 이끼가 끼여 쌓이고 또 세월이 덕지덕지 쌓여가면서 죽순과 솔향기가 함께 날아들어 와 그 작품들이 등신불처럼 열반에 들 것 같다.

이성보 시인이 필자에게 선물로 넘긴 풍란 한 폭을 지금도 잘 키우고 있는데, 돌에다 아담한 풍란을 심어서 주신 것이 지금도 푸르게 서실을 지키고 있다.

돌에 정이 닿으면
그때부터 돌이 아니다

한 시대 떠받쳐 온
네모진 사념들이

오욕의 세월을 베고
남루하여 누웠다.

돌에 피가 스미면
그때 다시 돌이 된다

길섶에 귀를 모으면
고막 찢는 아우성 소리

억새만 죄인이 되어
실바람에 몸을 떤다.

성은 허물어져도
역사는 건재하다

빛바랜 이끼 틈에
아직도 남은 혈흔

무너져 내리는 것이
성벽만은 아니었다.
　　　　　　　－「가을 성城」 전문

　사람이 사물에 정을 주면 그 사물은 새로운 이름을 갖게 되고
그것은 다른 세계의 문장이 되는 것을 시인은 작품화하고 있는
것이다. 돌을 다듬는 시인의 정성이 새로운 인물을 되살리는 것
으로, 가을의 억새가 바람을 안고 흔들리며 소리를 지르는 형상
이다. 성城은 허물어져도 그 성의 이름은 역사로 남아 불리고 세
월은 함께 이끼를 키워가면서 그 내력을 이야기하고 있다. 바로
그런 것을 역사라고 이름 붙이는 것이 아닌가?

자맥질하는 산이
기진하여 누워 있다

검푸른 저 물빛은
하늘빛도 닮지 않은

아홉 골 길 잃은 물줄기
서로 골물 트고 있다.

천 길로 쌓은 둑방
빈틈없는 단속이다

실향민은 망향비에
이름 석 자 새겨놓고

물살도 없는 호반에
서로 얼굴 비춘다.
　　－「구천댐」전문

　　이성보 시인은 작품「구천댐」을 통해, 수몰되어버린 까닭에 고
향에 돌아갈 수 없는 실향민의 가슴 아픈 마음을 생각했을 것이
다. 고향을 떠나온 아픈 마음을 헤아려보고, 지금 깊은 물속에서
자맥질하는 산이며 깊은 물빛을 바라보면서 물길을 내리는 물줄
기를 보고 있을 것이다. 높은 댐의 둑방길을 걸으면서 실향민의

아픈 마음을 망향비에 새겨두고 물살 잔잔한 호반에 자신을 들여다보는 것이다. 그 깊은 물 밑에 가라앉은 고향을 생각하며 말이다.

이상 이성보 시인의 제3시조집에 실린 작품들을 한 사람의 독자로서 자세히 읽어보았다. 이 시집에는 시인이 자신의 삶을 긍정적으로 나타낸 작품들이 많지 않았다. 대부분의 작품들이 어둡고 아픔을 접목한 것이거나 술에 의지하여 삶을 영위하는 씁쓸한 삶의 발자국들을 보여주고 있었다. 이 시집 이후에는 좀 더 밝고 활달한 생활의 편린들을 보여주었으면 하는 바람이다. 어떤 일에 있어서 슬픔이 큰 것은 실제 그 슬픔이 크기보다 그 슬픔을 두려워하는 마음이 더 크기 때문에 슬픔이 확대되는 것이라고 한다. 신은 절대로 인간이 견딜 수 없을 정도의 슬픔을 주지 않는다고 한다. 즉, 인간은 자기 자신에게 닥치는 역경을 자신의 인내와 노력으로 거뜬히 해결할 수 있다는 것이다.

이성보 시인이 집안의 화평을 발견하면서 하루하루를 즐겁게 보낼 수 있는 시인이기를, 그리고 그에게 행복한 삶이 계속되기를 기원한다. "강산이 세 번 변해 / 절로 굽은 등줄기여 // 석양에 붉어진 볼 / 시부지기 웃는 그대 // 남은 날 줍는 햇살일랑 / 오지랖에 담아주리." 시인의 작품 「보은 — 아내에게」에 나타난 아내의 사랑이 담긴 작품으로 앞으로는 더욱 많이 보기 좋은 부부애를 보여주기를 기대한다. 또한 우리가 백 세 시대에 살면서 건강하게, 즐겁게, 그리고 젊게 살아가기를 기원해본다.

1947년 11월   경남 거제에서 출생.

1967년 2월   거제고등학교 졸업.

1968년 9월   부산체신청 근무.

1974년 1월   대학 편입학 자격 검정고시 합격.

1974년 2월   한국방송통신대학 행정학과 졸업.

1976년 2월   동아대학교 법경대학 정외과 졸업.

1981년 2월   (주)한아통신(관리본부장) 근무.

1983년 3월   한국자생란보존회 전무이사.

1985년 1월   '능곡재'(과천) 개원.

1987년 6월   《난과생활》지에 「한국란 채집기」 연재(89년 7월호까지).

1987년 8월   숭실대학교 중소기업대학원 정책학과 졸업(행정학 석사).

1988년 7월   제1회 이성보난석전(하늘공원 전시실) 개최.

1989년 6월   첫 수필집 『난을 캐며 삶을 뒤척이며』(난과생활사) 출간.

1989년 6월   제2회 이성보난석전(하늘공원 전시실) 개최.

1989년 7월   능곡 난아카데미 개설(능곡재·서울 삼성동).

1989년 8월   제5회 신인상 당선(계간 《현대시조》).

1990년 6월   제3회 이성보난석전(여의도 럭키금성 트윈빌딩 3층) 개최.

1991년 3월   제9회 한국란명품대회 대상 수상.

1991년 5월   해금강 풍란 재생운동 주도(이후 5년간 계속함).

1991년 5월   첫 번째 시조집 『바람 한 자락 꺾어 들고』(고글) 출간.

1991년 6월   두 번째 수필집 『난과 돌, 그 열정의 세월』(고글) 출간.

1991년 6월	제4회 이성보난석전(세종문화회관 제2, 3전시실) 개최.
1992년 4월	세 번째 수필집 『난향이 머무는 곳에도』(고글) 출간.
1992년 6월	제5회 이성보난석전(세종문화회관 제3전시실) 개최.
1993년 5월	제6회 이성보난석전(능곡재) 개최.
1993년 12월	(주)한아통신(전무이사) 퇴사.
1994년 12월	제5회 한국난문화대상 수상.
1995년 2월	네 번째 수필집 『난, 그 기다림의 미학』(고글) 출간.
1995년 7월	거제자연예술랜드 개원.
1995년 12월	〈시민신문〉에 「이성보의 난 이야기」 연재(이후 40회 연재).
1996년 8월	자랑스런경남도민상(경상남도지사) 수상.
1996년 11월	효당문학상 수상.
1997년 5월	신한국인상(대통령) 수상.
1998년 2월	(사)한국문인협회 거제지부장.
2000년 2월	동랑·청마기념사업회장.
2000년 3월	제10회 우리꽃박람회 분경분화 부문 농림부장관상 수상.
2000년 8월	능곡 이성보 야생초 작품전(부산무역전시관) 개최.
2001년 4월	《난과생활》지에 「의창사란」 연재(2006년 12월분까지).
2001년 10월	현대시조좋은작품상 수상.
2002년 10월	〈거제중앙신문〉 칼럼위원으로 칼럼 집필 시작(현재까지).
2002년 12월	(사)한국문인협회 거제지부장.
2003년 10월	거제예술상 수상.
2003년 12월	(사)한국문인협회 거제지부장.
2004년 10월	계간 《현대시조》 발행인(현재까지).
2004년 12월	한국생활문학상 작품상 수상.
2005년 1월	제17회 현대시조문학상 수상.
2005년 3월	2005년 대한민국난명품대제전 심사위원(함평군).
2005년 12월	감사패(부산시 서구청장) 받음(목석원예관 조성 공로).
2006년 3월	2006년 대한민국난명품대제전 심사위원(함평군).
2007년 1월	《난과생활》지에 「이달의 난상」 연재(현재까지).

2007년 2월   경남대학교 경영대학원 최고경영자 과정 수료.

2007년 11월   〈세상에 이런 일이(SBS)〉 '장가계를 만드는 사나이'로 출연.

2008년 10월   사가서복 국제심포지엄 2008(일본 사가) 논문 발표.

2009년 2월   향파기념사업회 이사장.

2009년 9월   2009 서복문화 국제논단(중국 자계) 논문 발표.

2010년 4월   특허 등록(석부작용 입석 및 그 제조방법·제10-095534호).

2010년 10월   중국 감유 2010 동아서복문화 국제논단(중국 연운항) 논문 발표.

2011년 12월   특허 등록(실생산수화 및 그 제조방법·제10-1097967호).

2012년 3월   제15회 한국춘란경남난대전 심사위원장(제18회까지).

2012년 9월   2012 중국서복문화 상산국제대회(중국 상산) 논문 발표.

2012년 9월   2012 중국서복문화 상산국제대회에서 우수논문상 수상.

2014년 11월   경남예술인상 수상.

2014년 11월   남해서불과차 한중국제학술심포지엄(경남 남해) 논문 발표.

2014년 12월   능곡 이성보 인상석전(거제문화예술회관 전시실) 개최.

2015년 1월   명예 순리치유학 박사학위(방글라데시 순리치유대학교) 취득.

2015년 5월   사가서복 국제심포지엄 2015(일본 사가) 논문 발표.

2015년 10월   거제시 도시농부학교 '난아카데미' 출강.

2015년 12월   2015 한일서복 학술세미나(경남 거제) 논문 발표.

2016년 4월   거제시 도시농부학교 '난아카데미' 출강.

2016년 6월   2016 중일한서복문화 상산세미나(중국 상산) 논문 발표.

2016년 10월   두 번째 시조집 『난의 늪』(책만드는집) 출간.

2016년 10월   세 번째 시조집 『내가 사는 셈법』(책만드는집) 출간.

2016년 10월   산문집 『청복과 지지 I·II』(난과생활사) 출간.

2016년 10월   칼럼집 『석향에 취한 오후』(고금) 출간.

2016년 10월   산문집 『난에게 길을 물어』(고금) 출간.

2016년 10월   산문집 『세상인심과 사람의 향기』(고금) 출간.

2016년 11월   능곡 이성보 고희 기념 북콘서트 개최.